Bibliografische Information der Deutschen Nationalbibliothek:
Die Deutsche Nationalbibliothek verzeichnet diese Publikation
in der Deutschen Nationalbibliografie; detaillierte bibliografische
Daten sind im Internet über www.dnb.de abrufbar.

1.Auflage 2015

© 2015 by Timothy Speed

ISBN: 9783738648348

Herstellung und Verlag:
BoD - Books on Demand, Noderstedt

http://www.timothy-speed.com
info@timothy-speed.com

Intima

**Die wahren
Kräfte des Marktes.**

Ein literarischer Essay
von Timothy Speed

FSC
www.fsc.org

MIX

Papier aus ver-
antwortungsvollen
Quellen
Paper from
responsible sources

FSC® C105338

Vorwort

Der 1973 geborene britisch-österreichische Künstler und Schriftsteller Timothy Speed beschäftigt sich in seinen Essays, Performances, sozialen Projekten und literarischen Arbeiten mit der Rolle von selbstbestimmten, unangepassten und kreativen Menschen in wirtschaftlichen und staatlichen Strukturen. In seiner Arbeit werden die Grundlagen einer kreativeren und humaneren Gesellschaft erforscht. Er setzt sich mit Veränderungs- und Entwicklungsprozessen auseinander, löst diese mit ungewöhnlichen Ansätzen selbst aus, oder begleitet sie. Gerade in Zeiten, in denen Individualismus von Angst verdrängt wird und ein übertriebenes Sicherheitsbedürfnis die kreativen Potenziale und notwendigen, krisenhaften Bewusstwerdungsprozesse verhindert, bekommt seine Arbeit hohe Relevanz und Bedeutung.

Viele Jahre hat er die inneren Mechanismen von kreativen und freien Gesellschaftsordnungen untersucht und entwickelte 2003 in dem Buch »Gesellschaft ohne Vertrauen« eine eigene Theorie dazu, wie die Teilhabe vielfältiger, kritischer, unangepasster Menschen in einem System gefördert werden kann und weshalb dies für die Realitätskompetenz und Entwicklungsfähigkeit einer Gesellschaft entscheidend ist. Er zählt zu den Pionieren im Bereich der »systemkreativen« Gesellschaftsgestaltung und eines authentischen »Diversity-Managements«. In seinen Ansätzen wird die Gesellschaft nicht mehr aus von Eliten gesteuerten, halb bewussten, politischen Ritualen gestaltet, sondern in individuellen Prozessen ergründet und umfangreich diskutiert. Die Bedeutung kreativer und systemischer Intelligenz wird erlebbar.

Dafür braucht es laut Speed IndividualistInnen und Menschen, die sich subjektiven und inneren Impulsen hingeben, welche die Strukturen auf der Werte-, Wissens- oder Identitätsebene, durch neue Perspektiven oder Irritation ausreichend destabilisieren, um Entwicklung und echte, demokratische Prozesse zu fördern. Darum spricht er von einem Recht auf Krise und fordert ein positives Verständnis von abweichendem Verhalten, um komplexere Ordnungen entstehen zu lassen. Wirtschaftswachstum tauscht er gegen Gestaltungskraft, weil die Frage, was Menschen individuell im Leben gestalten können, mehr über den realen Wohlstand in einer Gesellschaft aussagt und negative Erfahrungen nicht entwertet, sondern integriert.

Bereits im Jahr 2000 analysierte er in »Verdammt Sexy« die Probleme für Wirtschaft und Gesellschaft, die aus zu viel Konformismus und Zwang zum Harmlosen und Glücklich-Machenden resultieren. Mit dem amerikanischen Medienforscher Neil Postman diskutierte er die Frage, mit welchem Recht die Medienmacher die Realität gestalteten. Schon hier zeigte sich seine Suche nach der authentischen Gestaltung einer Gesellschaft und nach neuen Strukturen, welche diese begünstigten.

Später entwickelte er mit dem Managerberater Markus Maderner eine der ersten Managementmethoden, welche bewusst die Komplexität nicht reduziert, um das Management scheinbar zu erleichtern, sondern die Vielfalt sucht und integriert, also lernt, damit zu arbeiten. Dadurch kann näher an der Realität, näher am Menschen gestaltet werden und automatisierte Strukturen, die zu gigantischen Nebeneffekten, wie Umweltzerstörungen, Ignoranz oder sozialen Problemen führen, werden von den in dem Buch »Inner Flow Management« entwickelten

Haltungen, wie einer bewussteren Form der Unternehmensführung, abgelöst.

Speed zeigt auch auf, wie erst durch das Amateurhafte, Persönliche, Angreifbare und Subjektive echte Innovations- und Entwicklungsfähigkeit möglich wird, da die überprofessionalisierte Wirtschaft sich in ihrem Zwang zur Simplifizierung und zum normierten Verhalten selbst von der Quelle neuer und unmittelbar realistischer Einsichten abschneidet. Für Bewegung notwendige Entwicklungsenergie geht in zu viel Ordnung verloren.

Aus diesen Überlegungen heraus versuchte Speed 2010 selbstbeauftragt, als Künstler das Unternehmen Red Bull umzugestalten. Er drohte vor der Zentrale in Fuschl einen Stier zu töten, um einen subjektiven Prozess auszulösen, in dem die Beziehung zwischen Unternehmen und Mensch neu verhandelt werden sollte. Er wollte sehen was passiert, wenn ein Individuum sich mit allen Aspekten der eigenen Persönlichkeit in die Wirtschaft einbringt, diese komplizierter, komplexer, vielfältiger macht und sich zugleich im Dienst der Innovations- und Realitätskompetenz weigert, ein geschmeidiges, ein einordenbares Produkt zu werden. Weil er in der subjektiven Differenz, im Nicht- oder Missverstehen, im unangepassten Verhalten, die Chance der Erweiterung der Existenz und der Lebenswirklichkeiten sieht.

Zitat Speed: »*Für eine Woche waren die Leute bei Red Bull gespalten. Sie wussten nicht, ob sie als Mensch oder als Funktion auf mein Handeln reagieren sollten. Ich hatte das Gefühl, dass der Mensch in ihnen mit mir den Stier töten wollte, während der Anwalt, der Milliardär, der Manager, der aus ihnen sprach, dies um jeden Preis verhindern musste. In dieser Woche gehörte das Unternehmen allein dem an der Welt zweifelnden Menschen. Der Gewissheit, dass jeder von uns einen Konzern bezwingen, gestalten und verändern kann.«*

In einer Welt, in der sich Firmen durch einseitige Kommunikation in der Werbung und hierarchischen Machtstrukturen dem Bewusstwerden jener Verstrickungen, jener verborgenen Zusammenhänge, jener Auswirkungen verweigern, an denen immer mehr Menschen leiden, kann Arbeit, Staat und Gesellschaft vom Persönlichen nicht mehr getrennt werden, ist alles mit allem in Beziehung. Hier lebt Speed eine Form radikaler Beziehungsfähigkeit mit der Gesellschaft und den Unternehmen und stellt sich den sensiblen Wahrnehmungen und persönlichen Schmerz. Dabei entstehen neue Lebensräume aus subjektiver Kommunikation in Welten kommerzieller Gleichschaltung. Für ihn ist dies die Grundlage innovativer Wertschöpfung, Authentizität und Menschlichkeit. Somit wird durch die eigene Sperrigkeit mehr Entwicklungspotenzial in der Wirtschaft vorgelebt und dient so als Grundlage neuer Märkte. Speed forderte den Konzern heraus, sich durch den Menschen hindurch komplexeren und freieren Ordnungen, Weltbildern, Möglichkeiten zu stellen.

Um seine Arbeit an Red Bull zu vertiefen, auf der Suche nach einer neuen Haltung zur Wirtschaft, kündigte er seine Wohnung in Berlin, zog für drei Jahre in ein Zelt und schrieb den Roman »Stieren des Weltdesigners«, in dem eine Gruppe von Individualisten in einem Bus zu Red Bull fährt, um selbst zur Krise zu werden. Damit sie wieder selbstbestimmt ihr Leben gestalten können, sich durch sie hindurch eine komplexere, vielfältigere Ordnung ausdrücken kann, in der auch Probleme sichtbar und Beziehungen gestaltbar werden. Sie eben nicht in

Kommerzwelten ihre Integrität verlieren und von einer vermeintlichen Krise vor sich her getrieben werden.

Timothy Speed entspricht in seiner Arbeit nicht traditionellen Vorstellungen von Literatur. Er macht bewusst dramaturgische Fehler, lebt Themen subjektiv aus, macht sich angreifbar, um den Blick für das Neue und Unmittelbare zu schärfen.

Da Speed mit seiner eigenen Existenz versuchte, eine neue ArbeiterIn vorzuleben, die sich der Simplifizierung und Effizienzsteigerung verweigert, um die Zerstörung der Vielfalt zu stoppen, war es nur logisch, dass er dabei, in einer auf Effizienz ausgerichteten Welt, pleite ging und somit auch für den Staat zu positivem Sand im Getriebe wurde. Vom Arbeitsamt schikaniert und völlig verarmt, schrieb er 2014 den Essay »Stärke in der Armut«, in dem er die zweifelhaften Hartz IV Gesetze im Namen der Kunstfreiheit aushebelte und seinen fehlenden Gehorsam zu einem Wirtschaftsförderungsprogramm erklärte. Damit brachte er die amtierende Ministerin Andrea Nahles in Bedrängnis und gab den Armen eine Wirtschaftskompetenz zurück, die ihnen strukturell in der Armut genommen wird.

Der Vizepräsident des Europaparlaments und somit der ranghöchste Österreicher in Brüssel, Othmar Karas ließ über sein Büro ausrichten: »*Herr Mag. Karas schätzt Ihren Text sehr, da Sie versuchen ein Verständnis bzw. ein Bewusstsein für Ihre Situation und die von vielen anderen, zu schaffen. Besonders den Aspekt – die volkswirtschaftliche Verantwortung und Wertschöpfung aus einem ganz anderen Gesichtspunkt heraus zu beobachten, ist ihm ins Auge gefallen…*«

Die österreichische Armutskonferenz hingegen lehnte sein Buch ab und verweigerte dem Künstler den konstruktiven Dialog. Zu radikal anders wäre sein

Verständnis von Armut. Die selbstbewusste Haltung eines Armen stellte sowohl die traditionelle Postion der Sozialorganisationen, wie auch die Armutsstrategien der Politik in Frage.

Der Theologe Eugen Drewermann schrieb kurz darauf in einem Brief an Speed: »*Ja, warum stehen die Arbeiter nicht auf? Den Grund beschreiben Sie sehr zutreffend selbst. Weil sie froh sind, eine Arbeit zu haben, und sich zu deren Erhalt in jeder Form anpassungswillig bearbeiten lassen. Das tun Sie nicht, aber ich sehe die Gefahr, dass Sie dabei sind, sich in Aktionen zu ruinieren, deren Motive mehr als verständlich sind, doch deren Ergebnisse vorhersehbar gering sein werden....Es liest sich so gut, was Sie schreiben, und es sollte nicht verpuffen...*«

Durch die Arbeit von Timothy Speed wird ein veränderter Verantwortungsbegriff definiert. Das Individuum steht nicht mehr nur in Verantwortung gegenüber den unmittelbaren Pflichten des Alltags, sondern muss auch die Welt, das Innen und das Außen, das Persönliche und das Allgemeingültige integrieren und in ein dynamisches Gleichgewicht bringen. Verantwortung wird somit erst über die Aufforderung zur unmittelbaren Beziehungsarbeit konkret, was Formen von »Scheinverantwortung«, wie der Gehorsam gegenüber unreflektierten Regeln oder Autoritäten aushebelt. Speed lebt vor, wie radikal das in der Praxis ist. Sowohl Institutionen, Unternehmen, aber auch der Staat wird bei der authentischen Verantwortung gepackt. Das Individuum kann die Struktur im Sinne von Menschlichkeit und Innovationsfähigkeit aufbrechen. In dem Versuch Verantwortung zu übernehmen, geriet Speed darum ständig in Konflikt mit Institutionen und Systemen.

Im September 2014 wurde der Roman »Stieren des Weltdesigners« vom Markt genommen. Der Verlag fürchtete die Klage des Red Bull Konzerns. Der Autor sollte sich dem Diktat der Wirtschaft fügen.

Während dieser Tage der Zensur schrieb Speed den literarischen Essay »Intima«, indem er sich mit den unbewussten Kräften des Marktes befasste. Er versuchte über seine Theorie der Sphären eine Sprache zu entwickeln, die ausdrückt weshalb Menschen in Zeiten großer Veränderungsnotwendigkeit, angesichts der ökologischen, kulturellen, sozialen, wirtschaftlichen Krisen, in Schwäche und Passivität erstarren und dabei jede Irritation, alles Neue und Fremde meiden, somit durch ihre Anpassung an den Markt Entwicklung blockieren. Damit zeigte er einen zentralen Betriebsfehler des Kapitalismus auf, der die Lähmung der kreativen Kräfte einer Kultur bewirkt, sowie Realitätskompetenz reduziert, der Kapitalismus darum am Ende immer zur schwachen Planwirtschaft der großen Strukturen führt und freie Eigeninitiative abbaut.

Er entschlüsselt die durch Kapitalismus und Rationalismus entstehende Trägheit der Massen. Wie die im Markt verordnete, systematische Verhinderung des Authentischen, des freien Ausgleichs und der unmittelbaren, funktionslosen Begegnung zwischen Menschen. Was auch moralische und soziale Erosion bedeutet. Die Abspaltung vom unmittelbaren Geschehen, um produkthaft zu bleiben, weil sich scheinbar nur davon der eigene Wert ableiten lässt.

Er antwortet darauf mit einer neuen Physik des Individualismus, einem vom Bürgertum ausgehenden, neuen Gesellschaftsdesign, als Disziplin für jeden Menschen.

Wenig später forderte er in einem offenen Brief Liz Mohn, die Eigentümerin eines TV-Senders zum Totalumbau der Medien auf. In dieser einfachen Geste lebt er vor, wie der Mensch sich von den Zwängen des Kapitalismus löst. Nicht ohne Schmerz und ohne Scheitern. Durch das eigene Innere hindurch. Zerfallend, loslassend, bis teils unbewusst, teils bewusst, eine neue, freiere und komplexere Beziehung entsteht, als jene des Marktes.

Die NGO »Dropping Knowledge« lud Speed bereits 2006, gemeinsam mit bedeutenden Intellektuellen wie Wim Wenders, Hans-Peter Dürr, Jonathan Meese, Masuma Bibi Russel oder Bianca Jagger, an den größten runden Tisch der Welt ein, um die 100 bedeutendsten Fragen der Menschheit zu beantworten.

Eine Zeit arbeitete er für die Organisation des amerikanischen Präsidentenberaters Don Edward Beck.

Als Speaker spricht er vor Top-Managern, hält Workshops, begleitet Prozesse, provoziert und regt zum Nachdenken an.

Intima

**Die wahren
Kräfte des Marktes.**

Eine neue Studie der ETH Zürich belegt, dass die Weltwirtschaft von 147 Konzernen dominiert wird, welchen über Beteiligungen und Übernahmen ein großer Teil der Unternehmen auf dem Planeten gehören. Weitere Forscher, aber auch Politiker, sprechen von wenigen Familien, die seit Generationen die weltwirtschaftliche Macht in den Händen halten und in den vergangenen Jahrzehnten weiter zentralisiert haben. Diese Eliten leben und arbeiten im Hintergrund. Sie werden weder gewählt, noch kennen wir ihre Namen oder wissen, wo sie leben.

Zwei Dinge sind in unserer Gesellschaft verboten. Über sich selbst in der dritten Person zu sprechen und sich radikaler Subjektivität hinzugeben. Das Ich muss fremdbestimmt bleiben. Durch Schule, Arbeitgeber, Partner oder Staat. Es ist untersagt, sich selbst als Superhelden oder als spannenderen Menschen neu zu erfinden, sowie darin eine Beziehung zum eigenen Ich aufzubauen und dieses ungefragt in einen internationalen Kontext zu stellen. Zu tun, als habe dies für die Welt oder für die authentische Begegnung mit anderen eine Relevanz, ist unerhört.

Es könnte die Beziehung zum Gegenüber mit einem Bruch irritieren, in dem Verletzlichkeit und Verunsicherung entstünde und die Chance sich auf eine unkonventionelle Art nahe zu kommen. Ebenfalls muss das Objektive stets über das Subjektive herrschen. Auch muss man Angst davor haben, Schwächen zu zeigen und Fehler zu machen. Das genaue Gegenteil zu tun, sich also ungehemmt und zugleich sensibel zu benehmen, könnte der Wirtschaft schaden. Der Mensch hat sich nicht selbst gut zu finden und schon gar nicht OK, obwohl er auch dunkle Seiten hat. Es ist angebracht, Selbstreflexion um jeden Preis zu verhindern. Auf diese Weise werden weder die eigenen Schatten je bewusst, noch kommt es zu einem authentischen Austausch, der Erlaubnis, dass auch du dich verändern darfst, ich es bemerke und mitgehe. Ein offener Tanz der Identitäten und Positionen könnte beginnen. Wenn der Mensch zwischen subjektiver, eigenständiger Wahrnehmung und selbstbestimmter

Definition der eigenen Rolle, zwischen innen und außen, zwischen Selbstbezogenheit und Selbstdistanz, frei pulsiert, ist er für die Obrigkeit nicht mehr zu kontrollieren, kontrolliert sich selbst nicht mehr und seine Erkenntnisse könnten die Welt erschüttern.

Weder Schuld noch Angst werden diesen Menschen daran hindern alles auszusprechen, somit alles zu leben, was ihm in den Sinn kommt. Von jeder fremdbestimmten Identität befreit, kann dieser Mensch nun das Dunkle, wie auch das Helle ohne Scham verkörpern und es als die große Beziehung erkennen.

Aber - nein, der Mensch hat sich gefälligst seiner selbst zu schämen und anderen seine Definition zu überlassen, statt einfach zu tun als sei es ihr oder ihm völlig egal, was das Außen denkt, und das die Voraussetzung für authentische Liebe zu nennen.

Dieser Text ist ein Statement. Keine Theorie, sondern gelebtes Wissen. Gelebte Haltung. Ich lebe die Konsequenzen daraus, zahle den Preis und schreibe darüber - und das, was ich schreibe, verändert mein Leben. Ich gestalte ein neues Rollenbild, ein verändertes Verhalten. Jenseits der vordefinierten Formate und Lebensräume. Zwischen Kunst, Wirtschaft, Wissenschaft und nackter Existenz. Mal scheiternd mal gelingend. Ein Buch über Wissen, obwohl ich mir nicht sicher bin. Irritierend und integrierend. Es ist was es ist. Verbotene Beziehung.

Die folgenden Seiten bestehen aus Notizen und Gesprächen, die ich mit Timothy Speed führe. Mein Name ist Mr. Bob. Ich bin ein Wissenschaftsjournalist aus Liverpool und lerne Mr. Speed in einer Bar in Berlin kennen. Wir sind durch Konsum optimierte Menschen, die sich kaum noch von einander unterscheiden. Darum ist es egal, ob ich ich selbst bin, oder eine Frau oder ein Mann. Wie Roboter haben wir alle unnützen Aspekte des Lebens für ein klares Netzprofil aufgegeben und müssen uns bewusstlos saufen, um überhaupt noch kommunizieren zu können. Im nüchternen Zustand würden wir nur das sagen, was auch das Gegenüber bereits denkt, was einem darum wie Verschwendung erscheint und Schuldgefühle auslöst. Überhaupt ist jede Form der Abweichung mit Schuld behaftet. Um die Zivilisation aufrecht zu erhalten ist es jedoch einmal im Monat gestattet uns zu berauschen und die Kontrolle zu verlieren. Ansonsten würden wir aussterben und auch keine Kinder mehr bekommen.

Im Laufe der Sauforgie wird Timothy Speed versuchen, sich durch unüberlegtes Aussprechen, sich soweit von uns Anderen in der Bar zu unterscheiden, bis es kein Zurück mehr gibt. Sichtbar wird, dass die gemeinsame Welt, als Abschaffung der konfliktreichen Verschiedenheit, als Weltfrieden im Sinne des zivilisierten Weltbürgers, in letzter Konsequenz zum Verlust jeder Beziehung führt, ja zum Ende der Familie, dem Ende der Solidarität, dem Ende der Liebe. Sind wir zu einer heilen Welt geworden, nicht innerlich verbunden, sondern von außen definiert, gibt es nichts mehr was uns authentisch verbindet. Es ist das Ende der Gemeinschaft und nur noch Misstrauen und Furcht vor einander bestimmen das Handeln.

In den ersten Minuten saß ich nur da und schaute aus dem Fenster. Ich verstand nicht. Man nehme sich das Recht, jedes Buch auf menschenverachtende Inhalte oder Extremismus hin zu prüfen, wurde mir erklärt. Ein versprochener Rückruf am Freitag verstrich. Tage in denen niemand mit mir reden wollte.

»Mein Name ist Timothy Speed. Kann ich bitte die Geschäftsleitung sprechen?«

Drei Jahre hatte ich an dem Buch gearbeitet und dafür sogar über den Winter in einem Zelt gelebt. Bei Temperaturen um die -20 Grad. Anders wäre das Projekt finanziell nicht umzusetzen gewesen. Ein Abenteuer. Ich musste sparen, wo es ging.

Der Roman handelt von meiner Auseinandersetzung mit dem Konzern Red Bull. Als ich im Sommer 2010 damit drohte, vor der Weltzentrale des Unternehmens einen Stier zu töten.

Ich wollte mich der Wirtschaft als Individuum auf eine äußerst subjektive Weise bemächtigen, um zu sehen was passiert, wenn ein einzelner Mensch es mit einem Konzern aufnimmt und diesen neu interpretiert, damit spielt, sich etwas von jener Welt zurückerobert, die einseitig von Firmen und deren Marken gestaltet wird.

Dahinter steckt meine volkswirtschaftliche Theorie.

Ich halte es für angebracht mit sperriger Subjektivität zu antworten, die Marken individuell umzudeuten, um die Existenzgrundlage des Menschen zu erweitern, damit mehr Individualität und Vielfalt innerhalb des Systems überleben kann, was eine Gesellschaft auf natürliche Weise stärkt und voran bringt. Der Weg zu mir selbst führte zur Frage, wer oder was Red Bull wirklich ist, was es für mich bedeutet, bewirkt, wie ich damit umgehen will.

Ein Beispiel, welches für viele Unternehmen Konsequenzen haben würde, gingen die Leute nur anders mit ihnen um. Ein Prozent der Weltbevölkerung verfügt über soviel Geld wie die anderen 99 Prozent zusammen. Diesen Prozess wollte ich umkehren. Warum ich Red Bull wählte? Wegen des Stiers. Dem Symbol für die Märkte, dem Teufel und dem Kampf zwischen Mensch und Natur.

»Dem Teufel?«, frage ich. Dieser Redeschwall ist ihm wichtig. Dabei kommt es raus, unkontrolliert.

»Können Sie mir nicht die Kurzfassung, den Keynotesprech geben? Die Powerpointversion oder sowas?«

Er hört es nicht. Ich bin verunsichert. Vielleicht mag er mich nicht? Er kommt mir fremd vor. Ich fühle mich irritiert. Vielleicht sollte ich mehr trinken? Er spricht einfach weiter. Es kommt aus ihm raus. Niemand versteht es. Noch vor wenigen Minuten waren wir einer Meinung. Es gab keinen Grund zu reden. Es herrschte Frieden.

Ich wusste nichts, weil ich alles wusste, was es zu wissen gab. Ich bin ein moderner Mensch. Ich habe alles erreicht, von dem ich dachte, man könne es erreichen. Den Konsens. Verstanden werden. Einen Platz haben.

Vom Markt genommen wurde der Roman von einem Kaffeeproduzenten, der den Verlag kaufte. Das Kaffeeunternehmen gehörte einer Familie mit dem Namen Herz. Dieses Herz wollte ich erreichen. Es war ein unbewusster Prozess. Zu diesem Zeitpunkt konnte auch ich den tieferen Sinn nicht verstehen. Ich rede jetzt einfach weiter. Bis es klar wird. Es wird doch klar werden?

Er stellt immerzu neue Bezüge her, was mich irritiert. Er will es diesen Samstag schaffen. Uns zu mehr machen, als Figuren in einer Bar, die Jobs haben und Biografien und Fotos auf Facebook. Ich fühle mich schuldig.

Alles ist kleiner geworden. Minimaler Wohnraum. Umweltverträglich. Jeder konzentriert sich auf eine Fähigkeit und jede Fähigkeit lässt sich auf einfache Handlungen reduzieren. Wir haben alles bedacht und dabei nicht gemerkt, wie wir uns dadurch vereinfachten und reduzierten. Wir verstanden die Konflikte nicht mehr. Am Ende ist nur noch Gut und Böse. Der ständige Kampf gegen das Böse. Für mehr fehlt die Energie. Wir haben gelernt, dass alle zusammenhalten müssen.

Ich blättere kurz in der Speisekarte und bleibe überfordert. Zu viel Information. Er gibt mir keine Erlösung. Die Kellnerin blickt etwas ungehalten.

Seit die großen Konzerne die Infrastruktur der Zivilgesellschaft aufgekauft haben und behaupten, jedem darüber den Zugang zu unserer schönen und bedeutenden Welt zu ermöglichen, steht jedes Wort von mir unter Verdacht, vielleicht nicht nett und freundlich zu sein, ein Klima zu schaffen, in dem Produkte schlecht verkauft werden.

Hinter Konzernzentralen sitzen weitere Konzernzentralen und niemand will die Risiken mittragen, die Entwicklungsprozesse in Gesellschaften bedeuten. Die Kosten für Gerichtsprozesse würden an jene weitergereicht, sagt man, die für Irritation gesorgt haben und somit die kommerzialisierte Infrastruktur der Zivilgesellschaft bedrohten, über die einst Revolutionen passiert sind.

Wir sind Kinder geworden.

Eigentlich ist das Buch eine Satire. Beinahe wäre es im renommierten S. Fischer Verlag erschienen, wurde im letzten Moment in der Verlagskonferenz überstimmt, nach einem Jahr Begleitung durch einen erfahrenen Lektor.

Diese Dinge passieren. Es kostet sehr viel Mühe, einen Entwicklungsprozess längere Zeit zu begleiten, Autoren zu fördern, bis sie an diesen Punkt ihrer Suche gelangen. Sie klar werden. Zu einem Produkt. Verkaufbar. Wir leben nicht in Zeiten, in denen Menschen gerne Risiken eingehen und Ergebnisse zählen mehr als Entwicklungsprozesse. In diesen aber steckt die eigentliche Arbeit. Eine Arbeit, die Menschen heute überwiegend unbezahlt leisten, die im Verborgenen passiert.

Bezahlt wird nur noch das was uns zerstört. Weil wir es kennen. Uns daran gewöhnt haben.

Während die Wirtschaft nur behauptet, die Gesellschaft zu erhalten und zu ernähren, versuchen Millionen unerkannt, zur Unsichtbarkeit gezwungen, die entstandenen Schäden auszugleichen, zu verhindern, dass alles den Bach runter geht. Sie besaufen sich, um unordentlich zu leben, um etwas zu fühlen. Ein Kampf gegen die Beziehungslosigkeit und die damit verbundene Lebenslüge. Manchmal sabotieren sie sogar die Maschinerie und fangen deren Opfer dort auf, wo sie in der Selbstreduktion einer Rolle, die nicht mehr gebraucht wird, gestrandet sind. Es ist nämlich die falsche Frage, die in den Firmen gestellt wird. Frage nicht, was das fertige Produkt ist. Sondern, wie Du eine Existenz verkörpern kannst, die den Frieden der Produktion verhindert, um die Möglichkeiten des Lebens zu vervielfachen, was den Mehrwert erhöht und Vibrationen durch das ganze Netz schickt.

Bereitwillig verlieren die unbekannten Weiterentwickler der Zivilisation ihre Jobs, gelten als merkwürdig und verdächtig.

Darin sind wir gut. Wir, die Würmer, die den Zivilisationshumus umgraben und die großen Strukturen zersetzen. Warum ich sie jetzt Würmer nenne? Ich weiß es nicht. Auch was mit den großen Strukturen nicht stimmt, habe ich vergessen. Er ist zu komplex, um es zu verstehen.

Ich drehe mich mehrmals um und beobachte die Menschen in der Bar. Wir sind beide vom Regen ganz nass und ich friere bereits. Erst jetzt fällt es mir auf. Das stört ihn nicht. Er hängt mir seine Jacke um und redet weiter. Mr. Speed ist ein Mann um die vierzig, mit einem blauen Hemd und einem Dreitagebart. Ein wenig verwildert. Plötzlich kommen mir ganz neue Wörter und Mr. Speed verbringt sehr viel Zeit damit, mir von Menschen die durch den Rost fallen zu erzählen, als wären sie eine Form intelligenter ArbeiterInnen. Dabei war schon alles perfekt. Die Wirtschaft. Am Höhepunkt. Durchrationalisiert. Töte den Konsumenten in Dir!

Das dauert seine Zeit, aber die Wirkung ist nicht aufzuhalten. Jeder, der einen Moment am Karrierestreben zweifelt, ein Produkt wieder ins Regal stellt, aufhört immer nur »Ja« zu sagen, ist ein solcher Wurm, ohne den es nicht geht. Eine eigenständige Frequenz. Sinus, der Resonanz-Wurm.

Nebenbei kritzelt er Dinge auf Blätter. Draußen regnet es wieder und der Duft von Nebel und nasser Straße mischt sich mit dem Schweiß älterer Männer und dem Kaugummigeruch herumlungernder Kinder. Ich kann wieder riechen. Ein wenig kommt es zurück.

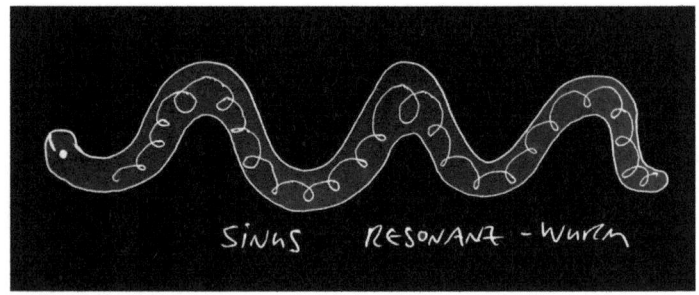

Die Sprache der Würmer ist in ständiger Veränderung. Sie wollen nicht Recht behalten, wissen sie doch, dass am Ende alles zerfällt. Sie sind die Ehrlichsten unter uns. Was sie miteinander austauschen, lässt einen Lebensraum entstehen. Sie haben das wahre Wesen der Sprache erkannt und benutzen den Selbstausdruck als Bagger, Kran und Ziegelsteine, um neue Zivilisationen und Ordnungen zu erschaffen. Mit Hilfe von Schwingung, Irritation und Resonanz.

Ich will, dass er schweigt. Es schmerzt in meinen Ohren, die bis dahin kaum noch etwas hören konnten. Warum auch, wenn ich immer schon wusste, was die anderen sagen würden?

Darum haben Menschen wie ich keine feste Identität, sondern sind viel mehr Prozesse, Bündelungen von Augenblicken, in denen etwas passiert.

Das stimmt nicht! Du hast einen Namen und einen Beruf. Du kannst Dich dem nicht entziehen. Du bist verantwortlich! Du hast Schuld! Nur Wir sind wichtig! Aber die Zivilisation. Du hast recht. Man muss ihr entfliehen, um sie zu finden.

Wird ein Wurm durchtrennt, graben beide Hälften einfach weiter, fressen und lösen auf, scheißen und schaffen Leben. Die Verachtung durch die oberen Etagen ist ihnen sicher, weil man dort nichts mehr fürchtet, als eines Tages von ihnen gefressen zu werden. Die Vermeidung, die Angst lässt sie sich abwenden, von der Grenzenlosigkeit. Die Angst vor dem Tod wird zur Angst vor dem Leben.

Dies sagt er voller Enthusiasmus, mit weit aufgerissenen Augen, derartig betont, dass die anderen Gäste zu uns herüber blicken. Ich rühre aufgeregt in meinem Drink. Seit Speed es einfach ausspricht, werde ich von den Männern in meinen persönlichen Eigenschaften erkannt. Ich fühle mich impulsiv. Ich will juchzen. Erstmals habe ich das Gefühl, ich könnte eine Entscheidung fällen und im Leben mehr erreichen. Er soll mir erklären, wie ich diesen Zustand aufrecht erhalten kann. Wenn er es mir nicht in zwei Sekunden erklären kann, hat es keinen Wert. Dann ist es nichts. Nichts Konkretes. Nichts, mit dem ich handeln kann.

Die Welt ist für Millionen darum, weil sie sich vom Tod abschotten, wie vom ungefilterten Leben, eine in sich fertige, eine in sich abgeschlossene Welt. Eine Sphäre. Eine die bereits gut ist, wie sie ist. Nicht weil man sie mag, sondern weil einem keine Alternative dazu einfällt. Man versucht es nicht. Weil es einem wie Verschwendung vorkommt.

Ich bin doch jetzt wach, denk ich. Über die Sphären will ich mehr wissen. Nie wieder will ich das Gefühl haben, dass alles bereits gesagt wurde. Wie werde ich unfertig? Wie verwandle ich mich von einem abstrakten Produkt, welches behauptet konkret zu sein, weil abgeschlossen, wissenschaftlich bewiesen und in sich eindeutig, in einen Menschen, der in einem lebendigen Bezug steht? Das Fertige sei das Primitive, meint er. Er hingegen - greifbar, aber unvollkommen. In Liebe, ohne eine feste Marke zu sein.
Wie halte ich das lange genug aus? Die optimierten Menschen sind zu schwach, um die Funktion ihrer Schale gegen eine Berührung zu tauschen, auf die sie vertrauen müssten, vertrauen, dass etwas weiter lebt. Einfach so. Unkontrolliert. Vertrauen braucht Resonanz und Resonanz

benötigt Energie, Nähe und Konflikt. Das darf ich nicht.
Ich habe Kinder.

Hat eine Gesellschaft eine unbewusste Seele? Ist
Fortschritt nicht Gefahr? Sie sagen, dass ich die Ausbildung
abgeschlossen habe. Nun wird das Leben einfacher. Darauf
habe ich einen Anspruch.

Das ist das Wesen der Sphäre, dass sie den Eindruck
des Abgerundeten, des in sich Stimmigen vermittelt.
Diese schwache Kraft, die ein Ei zusammenhält, bis man
die Schale von innen zerbricht und eine Welt betritt, die
man nicht für möglich gehalten hätte. Die Information,
dass die Energie im Ei für ein Leben ausreicht, ist um so
vieles schwächer, als der Ausdruck der Kräfte jenseits der
Schale - und doch reicht sie aus, um das Küken viele
Wochen darin zu halten. Diese schwachen Kräfte
funktionieren nur, aufgrund der Naturgesetze der
Sphären. Ein physikalischer Prozess, der ganze Universen
formt.

Endlich habe ich das Gefühl loslassen zu können.
Sinnliche Gefühle kribbeln in meinem ganzen Körper. Ich
will, dass er mehr von Physik spricht und von Philosophie.
Sicherlich habe ich mich geirrt und die Welt ist ganz anders.
Er soll berichten, von Dingen, die ich nicht verstehe. Die
mich derart überfordern, dass ich sie unmöglich reduzieren
kann. Ich stöhne erleichtert. Ich fürchte nichts mehr als das
Urteil der Anderen.

Er legt jetzt eine Zeichnung von einem gewissen Herrn
Kepler auf den Tisch, der an ähnlichen Dingen gearbeitet
hat. Auch erwähnt er etwas von Mandelbrot´s
Apfelmännchen und von Fraktalen, aus denen man
unterschiedliche Körper bauen kann.

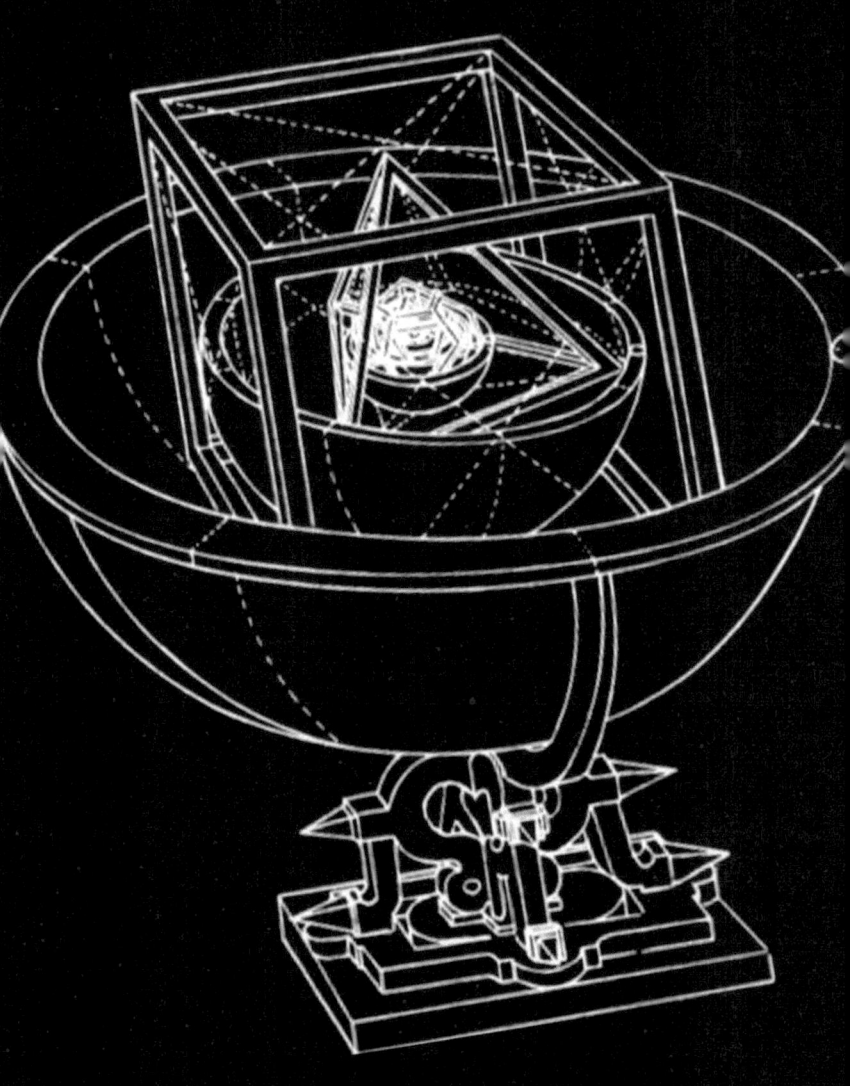

(Grafik von Jahannes Kepler. Sphären.)

Wusstest Du, dass jeder Buchstabe sich vom Abschnitt einer Spirale ableiten lässt und jede Spirale Sphären bildet?

Ich ziehe mich aus. Ich erschrecke vor mir selbst und meine Arme verweigern sich mir. Es ist mir nicht erlaubt über solche Dinge nachzudenken. Ich könnte sie mit meinem subjektiven Inneren beschmutzen. Zahlen haben keinen Klang. Das Ideal der Ordnung ist der Tod. Er berührt mich an der Hand. Ich zucke zusammen.

Ich will verstehen, warum der moderne Mensch die, von außen betrachtet, naheliegenden Veränderungsschritte nicht schafft, obwohl es nur eine Eierschale zu durchbrechen gilt. Spürst Du auch jetzt das Bedürfnis, Dich ins Gewohnte zurückzuziehen? Feigling! Schwachkopf! Kind! Bei der geringsten Anstrengung willst Du fortlaufen und hältst es für legitim, weil sie Dir eingeredet haben, der leichte Weg sei der bessere Weg. Das Persönliche erscheint Dir gefährlich, weil es kein abgepacktes Hochglanzprodukt ist, steril, angepasst und eingeordnet.

Einfach mal eine andere Physik fantasieren! Das Konkrete fort stoßen, weil es sich in mein Fleisch drückt, mich einengt. Dornen überall. Verletzungen durch Sicherheiten.

Ich fühle mich zu ihm hingezogen. Er sagt, ich Mr. Bob sei wie Distanz und er wie Nähe. Vielleicht nur eine Verwechslung. Ich sei ein Prinzip und nicht nur eine Person. Ich sei ein Redaktionsleiter, sag ich schüchtern. Er mag es, dass ich lache. Darum tue ich es nicht. Schmerz ist was ich fühlen will, um zu erfahren wer ich bin. Als optimierte Menschen, sind uns die Zahlen näher als die Emotionen, die Regeln näher als der Bruch. Da ist es nur logisch, dass Speed versucht die Wissenschaft zu lieben. Warum denn in der Ferne nach Nähe suchen, wenn die Maschine einem am nächsten ist? Was sind wir nur für Wesen? Mehr Konzept als Körper. Ein Zustand, zu dem er mich inspiriert, um zu verstehen. Ist es eine Performance? Ich taumle. Oder meint er wirklich mich?

Wie funktionieren die Sphären? Sag doch endlich! Wie werden sie erschaffen und wie lassen sie sich überwinden? Diese Frage stelle ich mit einer Intention. Ich will wissen wie man darauf eine Wirtschaft und Gesellschaft baut. Ist es überhaupt Wirtschaft? Will ich nicht nur leben? Genährt werden, auf allen Ebenen.

Welches Wort ist mir nah? Warum schreibe ich darüber nicht wie ein Wissenschaftler, denkst Du Dir vielleicht? Weil die Sprache die Realität verzerrt, wenn sie nicht mit der Resonanz des Moments spielt, mit der Unmittelbarkeit. Wir sitzen in einer Bar, verdammt! Und ich habe schon zwei Bier getrunken. Wahrheit ist vielleicht etwas was jetzt sein kann, nicht akademisch anerkannt ist, wenn sie passiert. Unschärfe kann präziser sein. Weil unvorbereitet verpackt. Oder aber erst später, durch weitere Diskurse und Begegnungen und Beziehungen genährt und in akademische Bahnen gelenkt, ohne dabei zu erstarren.

Das aber nennen wir Poesie. Sich einem Thema anzunähern, dabei das Innerste zu riskieren und es in großer Verletzlichkeit ins Äußere zu tragen, wo es eine Differenz erzeugt, die Nähe inspiriert und Berührung. Oder totale Ablehnung. Kräfte werden sichtbar. Die Persönlichkeit wird sichtbar. Der ganze Raum, aus dem heraus jemand spricht. Wie das Bild von Fingern die tatsächlich eine raue Oberfläche zum ersten Mal berühren und sich ihrer Selbst, ihrer Sinnlichkeit gewahr werden. Sprache zu leben bedeutet Missverstehen zu erleben, zu berühren, als sei es Liebe.

Ich. Marktplatz. Investment. Verwirrung. Der Kurzschluss ist das Aha der Apparate.

Das Fernsehen ist ein Ausdruck, der nur in eine Richtung brüllt und wie jeder Impuls in uns, der keine Reflexion erfordert, flacht dieser mit der Zeit ab. Es bleibt das Gefühl der Leere zurück.

Westhafen. Blankocheck. Zusammenhangslos.

Dieser leere Raum ist der Zwischenraum zwischen den Sphären, wo Resonanz zu wenig Übertragungsenergie erzeugt, um die Beziehung zu erweitern, wodurch sich eine begrenzte Sphäre bildet.

Diese Begrenzung der Schwingung entsteht dabei entweder, weil starke Kräfte in der Bewegung einen Impuls überspielen, oder weil im leeren Raum kein Kontakt mit anderen Impulsen stattfindet, die Entfernung zu groß ist, um Resonanz aufzubauen. Das Produkt muss vom anderen Produkt getrennt werden. Die Unterscheidbarkeit darf sich nur über den festgelegten Wert erschließen. Dieser muss klar kommuniziert sein.

Die Dekonstruktion ist ein geistig-physikalischer Prozess. Eine Wirklichkeit, die ich nur anders beschreibe, als ein Physiker es tun würde. In eben dieser anderen Beschreibung jedoch wird etwas sichtbar, was neu ist. Sie haben gesagt, die Emotionen hätten nichts mit Physik zu tun, damit wir die Mechanik der Beziehung nicht begreifen. Sie haben gesagt, die Physik hat nichts mit Emotion zu tun, damit wir die allgegenwärtigen Bezüge nicht sehen. Darum ist es nur konsequent über die Physik nach der Liebe zu suchen und über die Liebe nach dem Wie zu forschen, statt einfach eine unbewusste Funktion zu leben. Abgeschnitten, isoliert und ohne bewegt zu sein.

Sein Ansatz, die Wissenschaft komplett umzubauen, in dem man sie im Suff subjektiv nochmal durchlebt, um dann Abweichungen zu finden, ist umstritten.

Einige Wochen später begleite ich ihn zur Fakultät für Biochemie, wo er vor den Studierenden Formeln umbaut. Er ersetzt Zahlen mit Wörtern wie »Liebevoll« oder »Verkehrskontrolle« und meint zu ihnen, dass er intuitiv Informationen in einer anderen Sprache sammeln würde, wodurch man die Vorgänge multisinnlich und ganz neu erfassen könne. Zwischendurch - er baut die Formel eines Studenten, der Experimente an Mäusen durchführte, um -

fangen alle zu lachen an. Sie lachen mehrere Minuten. Es ist unheimlich. Ich lasse mich fallen. Zwischen Gedanken. Die Geburt eines abstrakten Wesens, in den Schmerz hinein. Der erste Kontakt mit Sinnen, die mir bisher verborgen waren.

Es ist eine bedeutende Zeit. Ich bin dabei und Speed spricht alles aus. Radikal und unabgesprochen.

Das elektronische Übertragungsmedium ist keine demokratische Technologie. Mit abgestorbenen Nerven, von flimmernden Bildschirmen geschliffen, überträgt sich zunehmend weniger Information die in sich Resonanz ist, magnetisch, anziehend, inspirierend. Entvölkerte Landschaften, kraftlose Dörfer, Supermarktparkplätze überall. Die KonsumentIn sitzt in der Sphäre, die ein Produkt ist, die zunehmend kleiner wird, mit einer Schale, dick und hart wie Stahl. Das ist die Krankheit dieser Zeit und sie wird noch schlimmer.

Ich will den eigentlichen Vorgang begreifen, der uns zur Geisel einer Wirtschaft macht, die das nicht hält, was sie verspricht.

Ich brauche jetzt einen Whiskey. Mein innerer Kontrolleur will bereits nach der praktischen Umsetzung fragen, und was es wohl kosten wird. Speed empört sich und wird immer lauter. Er singt einen schrillen Ton, so schrill, wie ich ihn noch nie gehört habe. Immer höher kreischt er und der Putz bröckelt von der Decke. Ich erwarte ängstlich die Entdeckung eines weiteren Sinnesorgans. Die Kellnerin bringt ihm noch ein Glas und ein jüngerer Typ rückt näher, um seinen Ausführungen zu lauschen.

Sie haben wieder beschlossen, die Investitionen zu erhöhen, um der Wirtschaft auf die Beine zu helfen.

Wenn Du das hörst, dann bedeutet es nur, dass wieder eine Lieferung bei denen eintrifft, welchen die großen Konzerne gehören. In einem gleichgeschalteten System sich spiegelnder Globalplayer fließt jede Investition wie auf dicken Autobahnen direkt ins Zentrum. Nichts kommt bei den Leuten an. Nichts verzweigt sich in die vielfältigen Bereiche des Lebens, wo daraus neue Ideen, Ansätze, Prozesse entstehen würden. Die Milliardenpakete verändern nichts, solange die Sphären nicht schwingen und vielfältige Resonanzen durch Abweichung bilden, sondern stärken nur jene, die uns am Boden halten.

Haltet die Milliarden zurück, bis wir die Chance haben, die Schale zu durchbrechen und einen Austausch zwischen uns zu organisieren! Jenseits des Internets und jener Infrastrukturen, die uns vereinfachen, damit die Konzerne unseren Dialog in die Form der Massenkultur zwingen können, um zu bestimmen, wie wir uns austauschen - damit sie daran verdienen, davon Energie abziehen. Haltet die Milliarden zurück, bis wir einander erkennen und wertschätzen können! Direkt und mit einer eigenständigen Sprache, die nicht alle Energie und Aufmerksamkeit sofort ins Zentrum lenkt, weil sie uns marktkonform reduziert, die Rituale, die sie uns aufzwingen, nicht auch die Inhalte dominieren, die wir teilen. »Sprich klar und komme zum Punkt«, bedeutet nur: »Liefere deine Lebenskraft direkt bei der Obrigkeit ab, und beanspruche für dich keinen eigenen Lebensraum, keine eigene Realität, die dein Leben mit Energie und Gestaltungskraft versorgt. Weil sie vibriert und nicht geregelt ist. Diese Aufmerksamkeit für dein Eigenes steht dir nicht zu. Spricht jemand mit dir, so hat er durch dich nur zur Obrigkeit zu sprechen. Über die Alltagsstruktur, die Massenprodukte, all jene Dinge durch die das System genährt wird.«

Kippen sie die Milliarden über uns, rutscht das Geld an unseren marktkonformen, erlernten Sphären ab und fällt in die Hände der wenigen, die alles mit Produkten und Marketingstrategien aufsammeln. Die Welt, die Freiheit, die wir nicht für uns beanspruchen und mit Leben füllen. Die nehmen sie für sich.

Weil wir in deren Struktur existieren, in denen wir uns nicht begegnen können, ohne dass sie davon wissen, ohne dass sie vor langer Zeit festgelegt hätten, wie dies geschieht.

Sehe ich freilich aus dem Fenster, sehe ich im übertragenen Sinne Milliarden Kugeln über dem Horizont. Gigantische Formen. Eine riesige Welt, die einem Vielfalt vorspielt. Doch der Eindruck trügt. Ich bin die Kopie einer Kopie einer Kopie und im Universum der Kopien fällt es natürlich schwer, das Original, den Ausgangsimpuls zu erkennen, der zu dieser Gesellschaft geführt hat. Sich gar vorzustellen, es gäbe andere mögliche Ausgangsimpulse, die zu einer völlig anderen Gesellschaft führen würden. Die Kiefer in der Monokultur kann sich einen Laubwald nicht vorstellen und hält eine Tanne bereits für eine Revolution der Vielfalt.

Spalten wir uns nur lange genug mit der Sprache des künstlich reduzierten Marktes, als fertige Einheiten, von einander ab, verschwindet das größere Bild und was entscheidet ist: Übrig bleibt nur noch die kleine Abweichung zwischen dir und mir, die wir Individualismus nennen, weil man uns erlaubt, das Tor zu unserer Freiheit auf eine Weise zu fassen, die uns für immer als Marke, als Produkt begrenzt.

Jeder spaltet Teilaspekte vom anderen und von sich Selbst ab, um in dieser harmonisierten Welt Unterschiede benennen zu können, die einem das Gefühl geben, Kontrolle über die Welt zu haben. Mit jeder Spaltung werden wir weniger. Unfähig komplexere Lebensformen, Gedanken, Emotionen zu integrieren. Ein wenig Selbstbestimmung. Weil es Abtrennung bedeutet, also eine Reduktion der Breite der Wirklichkeit, schließt es uns auch vom Wissen über die Existenz in ihrer ganzen Breite aus. Schrittweise und ohne dass es große Wellen schlägt. Das Wissen in den Beziehungen, in den vielfältigen Kontexten, verschwindet einfach. Die verwendete Sprache, die Rituale der Arbeitswelt, sie reduzieren uns. Das schafft Vorurteile aus Distanz und Selbstverlorenheit aus nicht mehr stattfindenden, authentischen Begegnungen. Alles fließt ins Zentrum. Alles fließt zu dem einen Prozent, dem alles gehört. Sie sind der blinde Fleck des Systems. Nur wegen ihrer Gier muss der Rest der Bevölkerung durch Umverteilung versorgt werden, was Schuld bedeutet. Schuld gegenüber den Herren. Versteckt als Schuld gegenüber dem Nachbarn, der noch Arbeit hat und Steuern zahlt. Missverstehe mich und wir sind gezwungen uns tatsächlich anzunähern! Ich will nicht glatt sein und austauschbar.

»Missverstehe mich«, ruft einer der Trinker an der Bar. Sie alle stimmen ein und strecken ihre Fäuste nach oben: »Missverstehe mich! Missverstehe mich!«
»Das ist die Revolution«, sage ich und die Jungs an der Bar lachen wie kleine Kinder. Suchen sofort die Distanz.

Als Wurm will ich den Boden umgraben, dafür sorgen, dass das Wasser auch die hinterste

Wüstenlandschaft erreicht und Lebendigkeit wächst. Davon aber verstehen die Politiker heute nichts mehr. Sie wissen nicht, wie man eine starke Wirtschaft, eine starke Zivilgesellschaft aufbaut. Oder sie wollen es nicht wissen. Die Populisten behaupten es zu wissen und sind nur weitere Diener der Spaltung.

Doch wie ist das passiert?

Mit der Manipulation der Sphären ist es den Inhabern der großen Konzerne, aber auch den schweigenden Massen gelungen, die Lebensenergie oder die kreative Kraft der Natur auf eine Weise zu manipulieren, die Menschen in einem Zustand der Entwicklungsverweigerung hält, in einem Leben gegen sich selbst und gegen den Flow gerichtet, um in einer von außen vorgegebenen Rolle zu funktionieren, bis sogar einfache Überlebensinstinkte nicht mehr anspringen. Eine Form der sanften, schleichenden Selbstzerstörung, die in unserer Zeit dominiert. Der Klimawandel und die Unfähigkeit die Lebensweise zu ändern. Sucht und Abhängigkeit. Die Armut, die noch immer nicht überwunden ist. Warum nur machen über 90% der Menschen nicht einen einzigen Schritt? Ohnmächtig stehen wir den Kräften des Marktes, jenen der Sphären mit den dicken Schalen gegenüber. Dabei sind diese Kräfte schwach und wohl kaum in der Lage, einen Stier zu halten. Es ist keine Armee, die den Menschen morgens zur Arbeit zwingt. Es ist keine Armee, die den Konsum sinnloser Produkte fordert, an denen die Vielfalt der Natur erstickt.

Alles soll leicht gehen. Wofür haben wir denn auch die Technologien, die uns scheinbar das Leben vereinfachen? Wir vertrauen auf das Internet. Im Internet ist alles ja noch viel mehr möglich. Jeder hat ein Profil und alle Profile kopieren einander, um hip und akzeptiert zu sein. Immer vorwärts gehen. Weiter gehen, bitte!

Es gibt heute keinen starken Gegenentwurf mehr. Dabei spreche ich nicht vom kollektiven Plan, sondern von individuellen Antworten, Zivilcourage und die Kraft des Individualismus.

Die neuen Generationen haben zu wenige Gegensätze und Widersprüche erlebt. Kein kalter Krieg, kein großes Unrecht, welches dich selbst im tiefsten Inneren berührt. Die Krisen passieren stets am anderen Ende der Welt. Kaum sind sie entstanden, wird auch schon eine Lösung angeboten. Eine naheliegende. Wie kann etwas naheliegend sein, wenn es so weit weg passiert, dass ich es nicht berühre, dort niemanden kenne, nicht wissen kann, was dort tatsächlich passiert?

Eine Zeit der Angleichung und Annäherung aller Kontraste, die uns lahm macht. Die Macht des Fake ist allgegenwärtig, wie das Streben nach Sicherheit.

Sie haben mir eingeredet, die Krise, der Krieg, die Konflikte seien überholt und verwerflich. Die äußeren wie die inneren. Wie aber soll sich je etwas ändern, wenn es niemanden mehr gibt, der extrem anderer Meinung ist? Der Krieg entsteht nicht, weil es Konflikte gibt, sondern weil man zu lange die Konflikte ignoriert.

Der unbewusst bleibende Konflikt ist der eigentliche Treibstoff jeder Industrie. Ihre Essenz. Darum darf der Konflikt sich den Leuten nicht erschließen. Er darf ihnen nicht nahe kommen, sondern muss über die manipulierten Sphären zu einem abstrakten Phänomen werden, um welches sich Polizei und Militär kümmern. Es braucht Regeln, Richter, Menschen, die Konflikte einordnen, von außen. Nur wo Tabus und Verbote existieren, kann die innere Reibung, das Zweifeln des Bewusstseins vom Individuum fern gehalten werden, um über dieses Kontrolle und Macht auszuüben. Das authentische Innere muss dann versteckt werden, gibt es keine offenen Diskussionen über die dunklen Gedanken und Gefühle und die daraus entstehende Reibung wird abgeführt, in von der Industrie angebotenen Alibihandlungen, wie Arbeit oder Massenunterhaltung. Darum muss im Sinne der Industrie der Konflikt immer ein Feind der Menschheit sein und niemals etwas, das man bewusst sucht, um die Energie zu entfalten, damit eine innere Erkenntnis sichtbar wird. Gar als starker Impuls, der die Gemeinschaft letztlich positiv erschüttern würde.

Der Mensch hat sich heute von der scheinbar dunklen Seite des Lebens innerlich abgespalten, von den Konflikten, damit ihm diese nicht zu nahe kommen. Ihm zu intim werden. Das echte Ich ins Licht rücken. Zum Preis, dass es auch nicht die eigene Krise werden kann, man sich ihrer nicht bemächtigen, sie kreativ verwandelt, nutzt, um daraus etwas Großartiges zu erschaffen. Die wesentliche Kraft unserer Zeit ist die Anpassung, die uns passiv passiert, wie Nebel, der ein Tal füllt. Eine leichte Brise der Anziehung, die einen hineingleiten lässt, in vorgefertigte Leben und vergleichbare Existenzen.

Nur die Unterhaltungsindustrie oder der Sport bieten noch die Illusion der Eruptionen, der Lebendigkeit, ähnlich wie der Hype nach der nächsten, neuen und funkelnden Elektronik. Wie Süchtige - süchtig nach neuen Spielzeugen, um sich darin zu verlieren.

Ich denke darüber nach wie tragisch es ist, dass unser Experiment, die Dinge einfach rauszulassen, kein Gehör finden wird. Obwohl dieser Ansatz in Wissenschaft und Wirtschaft derart fruchtbar ist, in einer Welt, die scheinbar keine Alternativen mehr kennt. Die Leute haben weder die

Geduld, noch die Sinne, ihm zuzuhören. Man hat in den Jahren des Studiums das genaue Gegenteil gelernt. Die Dinge dürfen einen nicht berühren und jeder ist bestrebt, seine Käseglocke zu finden, um sich darin wohl und sicher zu fühlen. Was kann der einzelne schon bewirken? Wir müssen uns zusammen tun. Das Individuum hat keinen Wert. Es genügt schlicht nicht.

Ich erkenne, dass ich mich distanzieren will.

Ich bitte ihn, die Sphäre genauer zu erklären und für einen Moment sieht er mich irritiert an. Seine Augen sind ganz feucht, als kämpfe er mit sich. Es ist keine Genauigkeit, es ist Liebe, Liebe die zuerst mit der Maschine erlernt wird. Eine Liebe zum Detail. Eine Zärtlichkeit und eben keine distanzierte Klarheit.

Zwei Dinge musst Du aus Deinem Verstand streichen! Zwei Erkenntnisse sind extrem wichtig, um zu begreifen, wie die Sphären sich bilden. Es gibt keine gerade Linie und es gibt keinen konkreten Punkt. Diese Dinge existieren in der Natur nicht. Sie sind nur abstrakte Grundannahmen, die auf beschränkter Wahrnehmungsfähigkeit beruhen, ja sogar die Wahrnehmung direkt reduzieren.

Warum sagt er das? Kann er nicht weiter von romantischen Ideen sprechen? Warum im Materiellen verweilen und die Existenz daran zerschellen lassen? Ich will seine Stirn berühren, mit ihm fort reisen.

Das mag Dir abstrakt erscheinen, aber es hat hohe gesellschaftliche Relevanz. Wenn es keine Gerade und keinen Punkt gibt, wenn also die Realität keine statisch feste Größe ist und der direkte Weg nicht existiert, ohne auf diesem spiralförmig die echte Welt zu integrieren, warum dann bauen wir alles in unserer Gesellschaft, Wissenschaft und Wirtschaft, auf der Vorherrschaft von Geraden und Punkten auf? Also auf der Essenz jeder Mauer, jeder Form der verfestigten Sturheit. Was bewirkt diese Reduktion lebendiger, organischer Vorgänge? Sie führt zu der falschen Annahme, die Materie, die Wirtschaft, die Natur sei auf exakten Größen begründet, weshalb indirekte, unbewusste oder auf mehr Komplexität beruhende Auswirkungen nicht einkalkuliert werden. Treten diese dann zutage, geht der moderne Mensch davon aus, die Welt nicht ausreichend exakt erkannt zu haben, statt zu verstehen, dass die Natur nicht exakt ist. Als Reaktion darauf lügt der moderne Mensch einfach. Weil es doch stimmen muss. Es doch die Aufgabe der Autoritäten in Wissenschaft und Wirtschaft ist, das Exakte zu erreichen und eben nicht das Menschliche. Weil der Mensch eine Ideologie ist und keine Realität.

Die Natur ist nicht exakt, Ihr Hackfressen! Ihr erschreckt vor mir. Es ist nur die Entdeckung der Wut. Hört meine Schreie! Noch sind sie wie ein Kreischen in der Nacht. Bald schon werdet ihr darin Worte erkennen!

Physik und Wissenschaft sind politische Größen. Es sind Kulturpraktiken, die von oben nach unten diktiert werden.

Ich will ihn rechtfertigen. Sagen, dass es nur ein Experiment ist. Ein Gedankengebäude. Sicherlich wird es bald eine Beweisführung geben. Niemand darf sich subjektiv der Wissenschaft bemächtigen. Zuerst die Wissenschaft. Dann die Realität. Es ist kein Mittel der Weltgestaltung. Es gestaltet lediglich die Welt, weil diese so ist. Macht. Dominanz. Sicherheit.

Jede Morphologie, jede Formbildung in der Natur, sei es die Gestalt von Vögeln, die Art wie sie fliegen, der Aufbau von Atomen oder die sozialpsychologischen Dynamiken zwischen Menschen, lassen sich mit wenigen Grundprinzipien herstellen, die aber Tendenzen sind, Möglichkeiten, Formen des Zusammenspiels. Konkret in der Berührung aber unpräzise in der Ausführung. Während die Schöpfungen des wissenschaftlich optimierten Menschen präzise in der materiellen Ausführung sind, aber weitgehend unbewusst in den Bezügen und Auswirkungen.

In diesem Moment kommt es mir wieder total absurd vor, dass er hier in dieser Bar die hochkomplexe Physik des Universums zu erklären beginnt, als wäre dies ein Hörsaal. Als habe Wissenschaft etwas mit Politik zu tun. Als habe die Politik sich der Wahrheit bemächtigt. Das habe ich nicht gewollt. Er sollte nur frei sprechen. Ich habe nicht gewollt, dass dies passiert. Ich fühle mich von mir selbst getrennt. Will ihn berühren. Vertraue ihm, dass diese Details seine Art sind Liebe auszudrücken. Er kann nicht anders. In diesem Zustand kann er nicht wissen, dass er das nicht darf. Noch ist Hoffnung. Ich bete, dass sie ihn dafür nicht zu hart bestrafen werden.

Umso mehrdeutiger eine Sprache, umso mehr Bedeutungen jedes Wort haben kann, umso höher entwickelt ist sie. Weil diese unscharfe Sprache den Kontext zu einem Teil von sich selbst werden lässt. Wir besaufen uns, um die Welt zu verstehen. Dabei kommt alles anders. Jedoch nicht willkürlich, sondern entsprechend unserer konkreten Existenz, in diesem kleinen Raum. Nur dieser Moment ist real. Ich meine das radikal. Spreche ich mit Ihnen, Mr. Bob, habe ich den

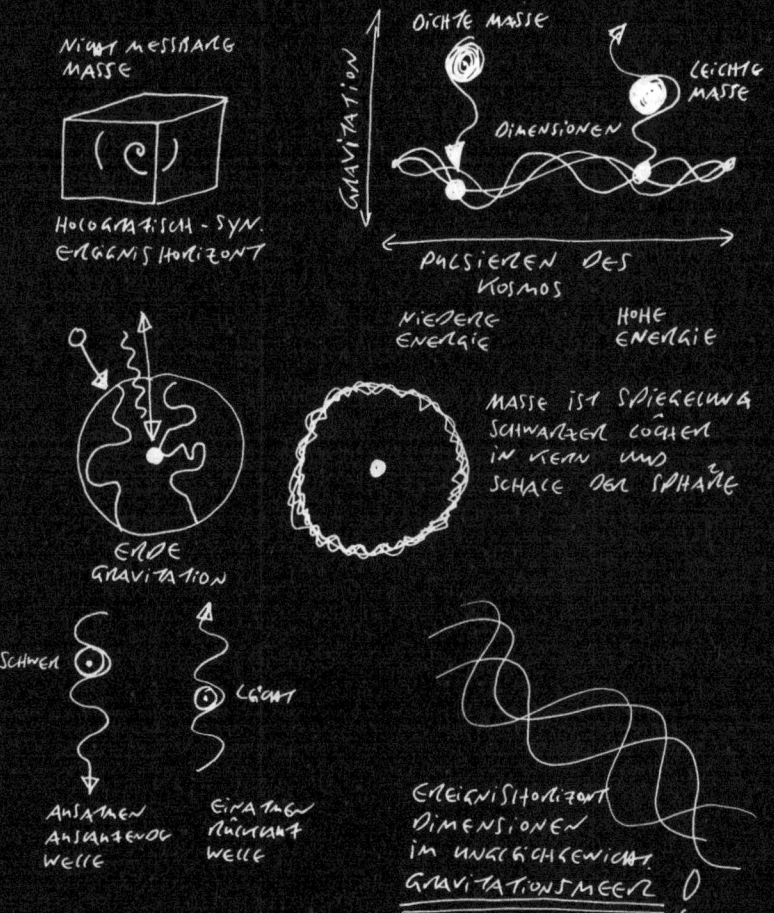

Eindruck, dass zwischen uns eine andere Welt möglich ist, ja möglich sein muss, wollen wir jemals authentisch einander als die begegnen, die wir sind. In letzter Konsequenz kann es darum nur eine Realität geben. Diese hier.

In der Irritation kann diese Sprache mehr Information übertragen, weil sie mit der ganzen Realität, mit allen gerade relevanten Dimensionen formt. Statt eine

Schulbuchphysik zu manifestieren, die wir einfach nicht sind. Darin steckt doch Hoffnung. Hoffnung für den Menschen. Sehen Sie denn nicht, dass wir in diesem Raum eingesperrt sind. In dieser Sphäre. Viel zu lange schon.

Gleichzeitig ermöglicht es diese Sprache, die ich hier mit meiner ganzen Existenz auslebe, überall und in jedem Moment, eine breitere, eine komplexere Wirklichkeit zu erschaffen, die höhere Formen der Intelligenz, komplexere Lebensformen abbildbar macht. Sprache ist ein Prozess der Weltgestaltung. Wir aber benutzen Sprachen, in denen die Wörter und Begriffe nur eine Bedeutung haben und nennen das Fortschritt. Weil es genauer zu sein scheint. Die wahre Liebe, Mr. Bob, ist nicht denkbar, ohne die subjektive Realität, als die konkrete Wirklichkeit anzunehmen.

Das Universum ist ein holografisch-synästhetischer Ereignishorizont. Das ist Masse in ständiger Veränderung. Wobei es Masse gibt, die wir nicht sehen, nicht hören, nicht messen können. Das ist meine Freiheit.

Sie ist dennoch da. Manche nennen sie dunkle Materie. Die Begriffe sind nur Spiegelungen von Eigenschaften der holosynästhetischen Unschärfe. Die Worte bilden Platzhalter, die wegen ihrer Unschärfe nur im Kontext Bestand haben. In diesem Moment, da ich im Rausch den Bereich der Physik berühre und sich Prinzipien des einen in morphologische Ausformungen des anderen übersetzen. Jede Form kommt aus derselben Unschärfe und wird nur durch Abwesenheit von Resonanzenergie, durch Materialisierung und Verdinglichung zu einer scheinbar festen Form, einem scheinbar klaren Gedanken. Es liegt an uns.

In diesem Moment zeigt ein Mann auf ein leeres Bierglas und sagt „Schwester". Der Wirt sieht ihn verdutzt an und meint, er habe gerade an seine Schwester gedacht, die gerade im Krankenhaus liegt. Vielleicht müsse er sich kümmern und das Glas nachfüllen, meint der Gast. Der Wirt packt seine Sachen und fährt ins Krankenhaus.

Es macht mich nachdenklich. Etwas passiert gerade, aber ich kann es nicht erklären. Ist es möglich, dass wir in unserer Bar gerade neue Naturgesetze erschaffen haben, die nur hier gültig sind? Die gleichzeitig ein politisches Manifest darstellen? Denkt Speed etwa an die Möglichkeit, dass die Zeugen dieser neuen Physik, in ihrem unmittelbaren Kontext das Ende der Unterdrückung des Menschen davon ableiten? Lebt nur ein Mensch in einer anderen Physik, wir könnten uns auf Auswirkungen jenseits des Fleisches beziehen und uns grenzenlos erweitern. Schwingen zwischen Innen und Außen. Eine Dynamik reich an Energie und Potenzial.

Jedes Objekt oder Lebewesen lässt sich aus dem Zusammenspiel von polarer Dynamik, Resonanzschwingung, hoher Energie, niederer Energie und Information (Bewegungschoreographie) bauen. Das Zusammenspiel dieser Kräfte, die man auch Dimensionen nennt, ist dabei entscheidend. In einem fluiden Universum, einem Gravitationsmeer, indem alles aus sich selbst heraus entsteht, entwickeln sich diese fünf in der Bewegungsdynamik (Tanz). Sie bedingen einander, sind aber nur unterschiedliche Ausdifferenzierungen desselben. Wobei die Dimensionen wie alles im Universum aus dem Wechselspiel zwischen Spaltung und Integration entstehen.

Die abgespaltenen Formen werden dadurch stabilisiert, dass sie im Moment ihrer Entstehung gleichzeitig auch zerfallen und dieser Zerfallsprozess die Einzelform in die Gesamtordnung einbettet. Sonst würde die Natur plötzlich neue Naturgesetze in einem Tier verwirklichen, oder in einem Stein. Der Tod begrenzt die Möglichkeiten der Abspaltung. Es gäbe sonst willkürliche Entwicklung. Weil die Geburt ein Impuls ist, der morphologische Information ins Lebensmeer der vielfältigen Wellen und Kräfte bläst, sich dort aus dem Nichts das Sein heraus kristallisiert, bildet sich zunächst eine vom Rest des Universum abgespaltene Form, als abgespaltenes Angebot. Ein Individuum. Eine einzelne Sphäre. Da dieser Impuls in einem in sich geschlossenen System immer einen Gegenimpuls auslöst, wird im selben Moment auch die Information des Todes ins Lebens- oder Gravitationsmeer übertragen. Diese übermittelt wie der Impuls der Geburt stets Resonanzinformation über die Gesetze und Formen des Gesamtsystems. Wie das Echolot einer Fledermaus übertragen Geburt und Tod die Informationen der Umwelt auf die entstehende Form. Aus diesem polaren Zusammenspiel der Kräfte bildet sich im Gravitationsmeer eine Spirale, also eine begrenzte, dynamische Kraft. Es ist die Geburt einer Sphäre. Auf diese Weise entsteht die Form von Fischen, Blättern, Kulturen, Bergen oder Universn. Der Zerfall folgt einer Ordnung, die alles Leben einbettet, in die größere Ordnung. Die Homogenität unserer Welt liegt am Zerfallsprozess jeder Morphologie, entlang der großen Ordnungsprinzipien. Magnetismus, Bewegung, hohe oder niedere Energie, oder Polarität. Weil alles nur vorübergehende Abspaltung dessen ist, was gerade dabei ist, sich wieder zu integrieren, weisen die Elemente verbindende Ordnung auf und auch diese sind wie Sprache, Kultur, das Aussehen von menschlichen Körpern, durch Abspaltung in Sphären entstanden. Ebenfalls die Zustände von Materie. Man könnte sagen, dass alles was isoliert betrachtet werden kann, eine Sphäre darstellt. Also einen resonanzschwachen Raum mit weitgehend ausgeglichenen polaren Kräften, zu wenig Energie, um in komplexere Schwingung zu geraten, oder zu hoher Distanz, um Magnetismus aufzubauen.

Wobei das Sterben von universalen Kräften herbeigeführt wird, die den Aufbau im Sinne des Ganzen korrigieren, wodurch ein dynamischer Prozess zwischen Leben und Tod, zwischen freiem Willen und Vorbestimmung entsteht, zwischen dem wir uns verwirklichen.

Die Kellnerin bleibt jetzt berührt stehen und sagt: »Ich weiß, warum du das machst. Du hast die Schnauze voll, dass dir immerzu andere sagen, wie die Welt ist. Jetzt beschäftigst du dich selbst damit und schreibst die verdammte, verkackte Physik um. Das ist doch logisch. Man muss sich die Welt zurückerobern. Selbstständig denken und wenn dann was rauskommt, was anders ist, als das, was die Professoren sagen, umso besser. Dann haben wir wieder was zum Austauschen. Das ist doch ein Markt, oder nicht? Eine Kultur. Plötzlich haben wieder alle Arbeit. Wird die Welt nur komplex genug. Somit kommen wir einander näher. Müssen dem Fremden begegnen. Das ist es doch, der Grund, weshalb der Speed uns hier quält. Ihr müsst ihn verstehen Leute! Das ist wahrer Heldenmut.«

Sie geht auf ihn zu und gibt ihm einen Kuss auf die Stirn. Dann stellt sie uns ein paar Getränke hin und sagt nüchtern: »Geht aufs Haus!«

Früher versuchte man die Verhältnisse von Dimensionen mit Begriffen wie Luft, Wasser, Feuer, Erde und Äther zu beschreiben. Es sind Grundprinzipien der Formbildung, sprich der Prozesse in der Natur. Natürlich bedeutet das nicht, dass man mit einem Bunsenbrenner, einem Eimer Wasser, etwas Puste und einem Klumpen Lehm einen Schmetterling bauen kann. Und die Planeten sind auch nicht, wie im Sphärenmodell des Mittelalters missverstanden, an geometrischen Figuren wie Oktaedern aufgeklebt. Vielmehr wird darin zum Ausdruck gebracht, dass die Natur auf Kräften basiert, die in einem Ungleichgewicht und gleichzeitig in einem Bezug zueinander stehen. Wie Materie und Antimaterie. Gäbe es nicht weniger Antimaterie als Materie, wäre unser Universum nicht möglich. Es würde an Energie, Form bildende Information und polarer Wechselwirkung fehlen. Es sind geometrische Bewegungsdynamiken, Gesetze der Formbildung in lebendigen Organismen, die alles möglich machen. Die Natur erschafft ohne Gerade, ohne Punkt, lediglich in Annäherung an selbstähnlichen Bewegungskreisläufen, innerhalb eines Gravitationsmeeres. Das kann man sich so vorstellen, als sei dieses Meer einer Zeitlupe vergleichbar. Ein Haus wird darin bewusst schief aufgestellt. Es fällt dann in Millionen von Jahren langsam um. Während es dies tut, bilden sich aus Luftwirbeln neue Universen, Gedanken, Lebensformen, die in sich schneller ablaufen. Stabilität ist hier eine Täuschung, die auf reduzierter Wahrnehmung beruht. Zeit ist nur eine Welle zwischen zwei Punkten, zwischen zwei sich ausgleichenden Energiezuständen, die sich wie die Gangschaltung eines Fahrrads, ineinander verzahnt, mal in stärker, mal in langsamer beschleunigter Masse äußert.

»Bravo, weiter so«, schreit einer der Jungs und hebt das Glas: »Mach sie alle fertig!«

In diesem Moment wollen wir es aushalten. Ich bin überzeugt und glaube daran, dass was er tut eine politische Konsequenz hat. Dann fällt mir auf, dass die Typen an der

Bar irgendwie intelligenter aussehen, als noch vorhin. Ihre Gesichter sind anders. Wir sind Persönlichkeiten geworden. Persönlichkeiten mit Irrtümern, die wir nur noch zu lieben lernen müssen.

Wir überbewerten das Konkrete, das Genaue und unterbewerten die Rolle des Unscharfen und Individuellen, wodurch wir Zusammenhänge die nicht unmittelbar sichtbar oder messbar sind, ausschließen. Auch geben wir der direkten Kraft den Vorrang gegenüber den indirekten Kräften und Auswirkungen. Darum funktionieren unsere Systeme und Institutionen derart schlecht. Für mich tun sie das jedenfalls. Sie sind nicht in der Lage, aus sich selbst heraus Lebendigkeit und Energie zu schaffen, weil sie nicht mit dem Flow der anderen Aspekte und Kräfte mitgehen, um den eigenen kreativen Willen in einem lebendigen Kontext zum Ausdruck zu bringen, wie es jedem Baum, jedem Tier gelingt, welche sich in einem ständigen Austausch, in gegenseitiger Stärkung, mit der Umwelt befinden. So entziehen unsere Systeme dem Umfeld Energie, um die Einseitigkeit eines lebensfeindlichen Strukturaufbaus künstlich aufrecht zu erhalten. Eine Struktur, die nur wachsen, aber nicht sterben will. Der Drang zur exakten Schärfe verlegt den Fokus abseits der unmittelbaren Wirklichkeit.

Der optimierte Mensch ist unter Schalen von Sphären vergraben, lebt mangels lebendiger Resonanz am authentischen Fixpunkt des Moments vorbei. Mann muss wissen, dass die Innenflächen der Sphären verspiegelt sind. Man sieht irgendwann nur noch sich selbst und spricht lediglich mit den verschiedenen Schalen der Sphäre, während die freie Gestaltungskraft zunehmend schwindet. Der Beamte tut dies, wie auch die Mutter, die das erlernte Gute zitiert, oder der Forscher, der die Selbstbezogenheit der erlernten Methodik nicht erkennt.

Die Mechanik der Sphären, Mr. Bob! Es ist da. Ich muss es nur aussprechen, begreifen, berühren. Eine unheimliche Macht legt es frei. Aus dem Unbewussten drängt es ans Licht. Das Wissen ist da. Es ist aber vollkommen unmöglich es auszudrücken, solange ich mich kontrollieren muss, solange ich mich auf das Objekthafte konzentriere, auf das Fertige, in sich Abgeschlossene.

Einer der Stammgäste klebt jetzt große Blätter an die Wände und hat darauf Sphären und Bezüge gemalt. Natürlich ist fast alles falsch verstanden. Seine Worte sind als Prozesse und Ereignisse gemeint. Nicht als feste Begriffe. Es stimmt was gerade stimmt. Die Poetisierung der Welt. Er kann von einem Fahrrad sprechen und dabei meint er das Muster des Reifens, welches in diesem Moment nur relevant ist, weil es auch dem Muster auf dem Teppich vor uns ähnelt und sich darin das Verhältnis zwischen Wellen abbildet.

Lässt man die Dimensionen frei tanzen, also sich bewegen, weil sie sich in einem Gravitationsmeer sich nur einander in Selbstähnlichkeit spiegelnd verwirklichen, bilden sie stets eine Spirale. Einen unheimlichen Sog.

Ich denke einen Moment darüber nach, dass eine Spirale nichts anderes ist als eine Sphäre, wenn man von einer Seite darauf blickt, und eine Welle, schaut man von der anderen Seite darauf.

Ich bestelle uns noch eine Runde. Immer tiefer fallen wir und machen uns schuldig an der Aufklärung. Ohne zu wissen, dass dies ein dritter Weg ist.

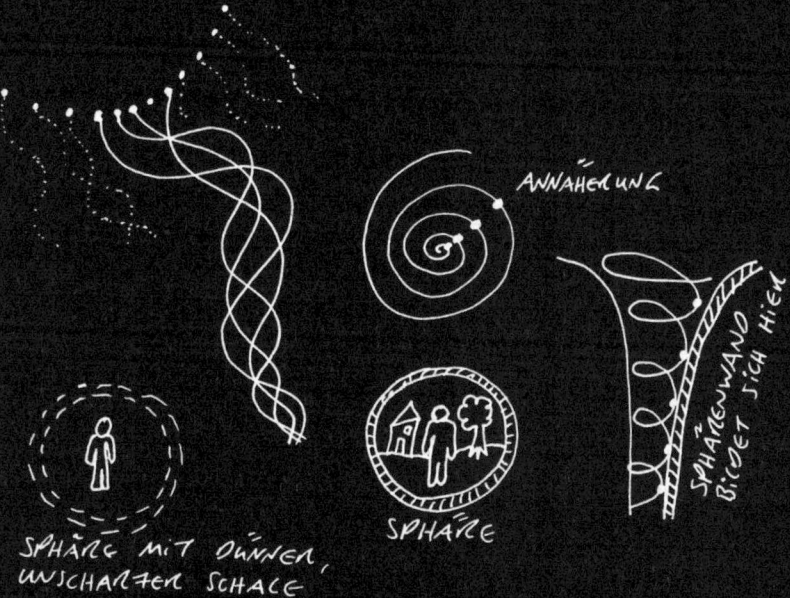

ANNÄHERUNG

SPHÄRENWAND
BILDET SICH HIER

SPHÄRE

SPHÄRE MIT DÜNNER,
UNSCHARFER SCHALE

Für einen Moment reißt der Flow ab und es wird ganz still im Raum. Wir warten gebannt. Er atmet einmal tief durch und nimmt einen kräftigen Schluck. Alles fließt. Ich will ihn an der Schulter berühren. Noch nie ging mir die Wissenschaft so nah. Die Bar ist jetzt ein eigenes Universum. Manchmal verschieben sich die Wände und durch diese Türe zu gehen erscheint mir unvorstellbar.

Die Heiterkeit ist einem ernsthaften Lernen gewichen und jeder neue Gast, der den Raum betritt, dreht aus Angst sofort wieder um und geht. Dies passiert extrem schnell. Als ob wir uns in einer anderen Zeitzone befänden. Man reicht sich gegenseitig die Bleistifte der Kellnerin, um Notizen anzulegen. Jetzt, da der Wirt verschwunden ist, schenkt man sich selbst nach und die Kellnerin hat sich ihre Brille *aufgesetzt. Die meisten von uns haben schon etliche Drinks konsumiert, weshalb sie nicht mehr klar sprechen können. Draußen wieder ein Kreischen. Dennoch verstehen wir einander besser als je zuvor.*

KODIERTE FORM
INFORMATION.
IN DER SPIRALE

Jede erdenkliche Morphologie lässt sich in Wellen kodieren und für den Bau komplexer Lebensformen in Resonanzen speichern. Weil die Selbstähnlichkeit der Kreisläufe die Information über die Grundformen in Bewegungsabläufen, in Differenzen speichert und stabilisiert. Es genügen Tendenzen von Kräften oder Impulsen, um Formbildung in der Natur auszulösen.

Ein genauer Ablaufplan ist nicht erforderlich und auch unsere DNA baut im Dialog und keineswegs in Anweisung von festgelegten Befehlen. Übertrage ich das auf die Gesellschaft, steht die Methodik moderner Politik als wenig intelligentes System im Raum. Sie ist komplett ungeeignet, um das Zusammenleben lebendiger

Organismen zu managen. Sie müsste viel mehr auf individuelle Verhandlung von Beziehungsverhältnissen vor Ort setzen, die sich laufend neu anpassen, statt sich auf das permanente Produzieren neuer Gesetze zu beschränken, die spalten und neues Unrecht erzeugen.

Es bewegt mich tief, dass der Mensch in unserer Physik sein muss wie er ist. Falsch oder Fremd und möglichst abweichend, damit daraus Dynamik wächst. Polarität. Anziehung. Abstoßung. Der ungenaue Mensch, oder auch der freie Mensch, wird sich erst durch Abweichung der größeren Zusammenhänge bewusst, die er zugleich im Sinne der Evolution in der eigenen Existenz verwirklicht und somit ein Teil des kreativen Gesamtablaufs der Schöpfung wird, während der rationalisierte und effiziente Mensch der Realität entgegengesetzt eine Illusion lebt, im Dienst an der Industrie, welche die Natur ausbeutet. Ich muss rülpsen.

Natürlich erleben wir die Welt sinnlich nicht als unscharfes Momentum, sondern als Formen, Lebewesen und Strukturen. Das Gehirn reduziert die tatsächliche Unschärfe im dynamischen Bezugssystem der Realität über die sinnliche Wahrnehmung auf Morphologien, die den subjektiven Eindruck vermitteln, in sich abgeschlossene Körper, Räume, Formen zu sein. Die Sphäre ist dabei die klarste, schärfste, dichteste Form der Unschärfe. Sie ist politisch aber nicht nur schlecht, sondern biologisch erforderlich. Sie darf aber keine zu dicke Schale aufweisen.

Sie beruht auf Gravitation, also auf Schwingungsinformation, die je nach Pulsrichtung im Ereignishorizont entweder dichte oder weniger dichte Masse erzeugt. Die Schalen und Kerne der Sphären sind dabei Spiegelungen von schwarzen Löchern. Gäbe es die

Sphären nicht, hätten wir den Eindruck in einer unendlichen Suppe, einem leeren Raum zu existieren, der zwar alles werden kann, aber nichts Konkretes abbildet. Auf den Sphären basiert jede Zelle, die DNA, jede Philosophie, jede Begrenzung unserer Emotionen oder Gedanken, jedes hochkomplexe System. Sie bildet sich aus den fünf Grundprinzipien: Polarität, Schwingung - also Bewegung, starker und schwacher Energie, sowie Information, also Wissen.

Gravitation ist Masseinformation, die sich aus der Pulsrichtung, dem Atmen des Kosmos, und dem Schwingungsabschnitt ergibt. Je weiter vom Hauptimpuls entfernt, umso dichter die Masse, umso geringer die Resonanz. Die Kerne sind wie schwarze Löcher, die Licht, Raum und Zeit verzerren und aufsaugen. Diese schwarzen Löcher spiegeln sich in den Zentren und Schalen der Sphären wieder. Stehen also in Resonanz und Selbstähnlichkeitsspiegelung zueinander in einem Verhältnis. Die Schale ist der Kern und umgekehrt.

Das Phänomen lässt sich über das Entstehen von Bewusstsein beschreiben. Sobald ich gedanklich einen klaren und verdichteten Begriff fokussiere, schließt sich um das damit verbundene Weltbild zugleich eine dicke Schale. Ich reduziere meine Wahrnehmung, somit auch mein Bewusstsein auf einen Resonanzcluster. Dies erzeugt eine Welle, die mich von anderen Dimensionen abgrenzt, abspaltet, was die Hülle der Sphäre bildet. Diese ist schlicht resonanzschwacher Raum oder dichtere Masse. Fokussiere ich meine Aufmerksamkeit auf einen Punkt, erschaffe ich zugleich eine Sphäre, die den Ereignishorizont begrenzt. Das ist die Dynamik, die uns in Käseglocken leben lässt, aber zugleich bildet es das Grundgerüst einer materiell gebauten Welt aus dichter Masse, in der die Natur selbstähnliche Formen herausbilden kann und in der wir von einem in sich geschlossenen Universum sprechen. Indem wir definiert werden, werden wir auch beschränkt. Wir verlieren Entwicklungsenergie und Wissen. Die externe Identität ist die Verweigerung der Beziehung. Das tiefe Unrecht der Gesellschaft. Die Vergewaltigung der Verbundenheit.

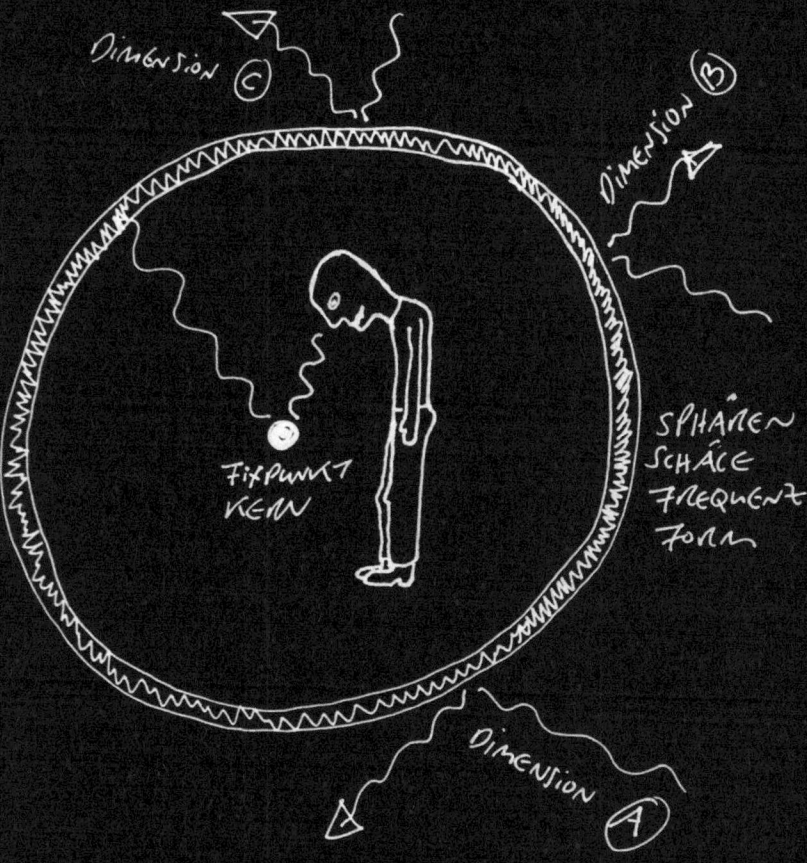

Wobei dies wiederum nur eine abgespaltene Form des sprachlichen Ausdrucks ist, um diese Vorgänge in einem mehrdimensionalen Raum mit der Vorstellung von Zeit und Raum zu erklären. Tatsächlich ist auch Raum und Zeit nur eine Spiegelung des holografisch-synästhetischen Ereignishorizonts.

Dies ermöglicht aber mich und dich im Universum zu verorten. Während meine Beschreibung des Universums die Positivform bildet, bin ich selbst, wie auch du die Negativform dessen, also das andere Ende der Resonanzwelle. Wir bedingen einander. Was ich hier also beschreibe ist das tatsächliche Universum, die tatsächliche Wirklichkeit dieses Augenblicks. Ich richte Deine Aufmerksamkeit auf das Sphärenmodell und für einen Moment bildet sich in der Differenz zwischen unser beider Denkweise ein Mischung aus physikalischer, geistiger Wirklichkeit und in diesem Augenblick neu geschaffener, weil neu verstandener Realität, die in einem erweiterten Resonanzfeld mit der Gesamtentwicklung des Kosmos steht, jedoch wegen der Schwerfälligkeit der Sphären mit dicken Schalen sich nur über die Zeitlinie zu einer offeneren Weltsicht entfalten könnte.

Ich bitte ihn, eine kurze Pause einzulegen. Wir bestellen uns neue Getränke und der junge Mann vom Nebentisch stellt ein paar Fragen, die ich mir vor Erschöpfung nicht notiert habe. Speed hingegen ist nun wie aufgeladen und seine Haut glüht dunkelrot. Er verdichtet das Thema immer weiter und alles dreht sich. Mir fällt auf, dass wir uns nun komplett von der Sphäre einer Bar entfernt haben, von der aus wir Speed nur für irre halten können. Allein weil er weiter gemacht hat, sind wir mit ihm diese unheimliche Beziehung eingegangen, die uns in ein anderes Universum versetzt hat. Ich frage mich, ob dies nur eine erneute Sphäre mit einer dicken Schale ist, oder ob uns da draußen andere

Menschen hören können und das, was hier passiert für sie Relevanz hat?

Diese Spirale, die holografisch-synästhetische Unschärfe, die ich Ereignishorizont nenne, ist sozusagen das Elektronenmikroskop unseres Jahrhunderts. Nicht immer mehr ins Detail zu gehen, sondern dynamischer zwischen Detail und Unklarheit zu wechseln und dadurch komplexere Ordnungsmuster sichtbar und wahrnehmbar zu machen. Radikal ist es, wenn du für diese Erkenntnis den Job kündigst, um diese neue Physik zu leben.

Daraus wird klar, dass die Realität tatsächlich nicht auf klassischen physikalischen Gesetzen begründet ist, sondern auf der Unschärfe zwischen allen Disziplinen, Dimensionen und Bereichen der Existenz. Ich brauche noch einen Schnaps.

In der Bar ist es jetzt wieder ganz ruhig. Ein Amerikaner setzt sich zu uns und macht sich laufend Notizen. Er ist angeblich Handelsvertreter aus Texas, was wir aber nicht glauben.

Es wird vielleicht eine Zeit kommen, in der jeder hochkomplexe Physik begreifen und hochkomplexe Technologien bauen und bedienen kann. Weil wir einen Weg gefunden haben, die Sprache mit der wir Technologie erforschen und beschreiben, derart unscharf und assoziativ, also intuitiv zu halten, dass sie sich aus dem Verstehen von einfachen Grundprinzipien erschließen und dabei die Technologie jedes Mal eine Erweiterung, eine Verbesserung erfährt, weil der Nutzer, Forscher diese »missversteht«. Dies wird dann nicht mehr als Fehler betrachtet, sondern als Chance, um komplexere Technologie, um höheres Wissen zugänglich und anwendbar zu machen. Jemand, der beispielsweise die Grundprinzipien einer Liebesbeziehung erfahren und integriert hat, wird mit Leichtigkeit auch ein Raumschiff bauen und fliegen können. Es ist alles eine Frage des freien Selbstausdrucks und der Bereitschaft, Wissen als etwas Lebendiges zu vermitteln, und nicht als statische Größe, die sich außerhalb des Bezugssystems beweisen muss und dabei Menschen verletzt.

Während der Amerikaner nun kleine Sphären aus Bierdeckeln und Erdnüssen baut, starre ich in den leeren Raum.

Speed fährt nun damit fort, die Auswirkungen seiner gelebten Theorie, durch die das Universum sich selbst jedes mal neu, durch den freien Menschen hindurch verwirklicht, auf andere Bereiche des Lebens zu übertragen. Mir stockt der Atem vor dem, was ich missverstehen und dadurch selbst entwickeln werde. Etwas in meinem Inneren verweigert mir dafür die Erlaubnis.

Von den Wänden strahlt eine Kälte in den Raum. Wir haben etwas Angst und wollen, dass Speed sich beeilt. Niemand kann sagen was passieren wird, wenn der Wirt zurückkehrt.

Obwohl sich das Prinzip von Bewegung und Polarität überall durchsetzt und Unschärfe entsteht, bilden sich dennoch konkrete Begrenzungen und Formen, die wir überall in der Natur sehen können.

Diese Morphologiemuster resultieren aus der schwachen Energie, welche schließlich die Sphärenwand herausbildet, also einen resonanzschwachen Raum, welcher dadurch die Vielfalt an Möglichkeiten, die in einer Schwingung liegen, auf einen Teilbereich reduziert. Auf jene Information, die auf Distanz beruht. Man könnte auch im Sinne dieser neuen Sprache sagen: »Weil ich mich nicht einem Stein annähern kann, da ich mit diesem keine emotionale Resonanz herstelle, bleibe ich distanziert, im resonanzfreien Bezug und sehe darum den Stein als Stein und nicht als Potenzial meines Selbst. Die Sphärenwand ist also zentral, um einerseits die Morphologie unserer Welt sichtbar zu machen, andererseits aber auch die größte Form der Begrenzung unserer Entwicklungsraumes, sowie der Fähigkeit in Bewegungsmorphologien kodiertes Wissen aufzunehmen und mit ausreichend Energie zu verarbeiten. Der Ausdruck: »Unter einer Käseglocke« ist eine gute Beschreibung für die allgemein wahrgenommene Architektur des Universums. Die Kunst der komplexeren Lebensformen, wie dem Menschen, liegt darin die Sphärenwand immer wieder zu überwinden, um sich weiter zu entwickeln. Sauft weiter Freunde! Durchbricht die Sphäre unserer angepassten Kulturlosigkeit!

Wobei Entwicklung die Integration komplexer Schwingungsmuster bedeutet. Versteht man, dass die Sphäre aus der Unschärfe Kraft für Entwicklung bezieht, wird klar, weshalb man mit zu viel klarer Ordnung die Freiheit von Menschen beschneiden und sie von ihrem natürlichen Wissen fern halten kann. Das materielle Weltbild reduziert die Intelligenz der Menschheit. Weil die Intelligenz in der atmenden Struktur liegt und nicht im verorteten Gehirn, im Produkt, im Ergebnis, in der Methode. Darum ist es wichtig Gesellschaftsgestaltung im Sinne eines positiven Bezugs zur Dynamik des Lebendigen zu begreifen, um eine Gesellschaft bauen zu können, die sich möglichst dynamisch entwickelt, also das genaue Gegenteil der derzeit herrschenden Ordnungen.

Nach einer Weile, der Amerikaner hat es angeregt, kommt Speed darauf zu sprechen, wie dieses Wissen um die Sphären von Interessensgruppen benutzt wird, um die Bevölkerung zu manipulieren und möglichst in Sphären mit dicken Schalen gefangen zu halten. Ich merke auch hier, wie ich seine Gedanken überprüfen will. Meinem Bauchgefühl vertrauend, macht was er sagt, zunehmend Sinn. Dennoch bleibt eine tiefe Skepsis, die ich erst viel später als Angst vor mir selbst identifiziere.

Man kann die Entwicklungsbreite einer Gesellschaft reduzieren, wenn man die Gegensätze, also die Polarität, reduziert und annähert. Je weniger Abweichungen von der Norm, umso mehr gleichen sich fruchtbare Widersprüche an, bis das Spektrum, welches junge Menschen als Freiraum wahrnehmen, derart schwindet, dass das nächste Update einer Spielkonsole einer Lebensperspektive gleichkommt.

Die Freiheit ist relativ. Wann hat das letzte Mal ein junger Mensch eine Utopie formuliert, die nicht wie der Verkaufskatalog einer Industrie klang, wie etwas, das man schon hundertfach in Werbung und Fernsehen gehört hat? Künstler zu sein, bedeutet heute nur noch einer Jury so genannter etablierter Positionen zu gefallen, weil man wie sie ist. Kraftlos, verkauft, nur noch Kunst inszenierend, als sei sie eine Ware. Musik für die Massen. Ein Buch für das Glas Wein nach der Arbeit. Das Leben in Zitaten ist das Leben in Sphären mit dicken Schalen. Fatal ist, dass in unserer Gesellschaft der belohnt wird, der die dickste Schale hat, also am wenigsten Unklarheit, Entwicklungsfähigkeit, am wenigsten lebendige, also scheinbar prekäre Lebensverhältnisse aufweist.

Es ist einfach, die Kontraste zu reduzieren, wenn dir die Medien gehören, die politischen Parteien sich zunehmend ähneln, aus Angst davor, zu extrem zu sein. Der allgegenwärtige Kampf gegen den Extremismus ist auch eine Spiegelung der Angst der Menschen vor abweichenden Positionen, die polarisieren. Es sollte ja nicht das Ziel einer demokratischen Gesellschaft sein, Polaritäten zu reduzieren, sondern sich diesen zu stellen, sich in der Reibung damit, im tieferen Verstehen und Integrieren neuer Erkenntnisse zu entwickeln. Dass wir dafür scheinbar nicht die Kraft haben, ist ein Anzeichen schwacher Energie im Auslaufen einer Resonanzwelle, die dicke Sphärenwände bildet. Versteht doch, dass die Entwicklungsenergie einer Gesellschaft vom authentischen und vielfältigen sozialen Gefüge abhängt! Durch zu viel Rationalismus, zu viel Exaktheit und Gleichschaltung in den Strukturen der Gesellschaft schwindet die Fähigkeit zur Evolution. Das ist der innere Zustand unserer Welt. Wir stagnieren an einem Pol und haben nicht mehr die Kraft neue Resonanz aufzubauen, in dem wir zwischen den Polen schwingen und dadurch die Bandbreite der existenziellen Möglichkeiten erhöhen, weil die Spirale sich dann weiter entfalten und mehr vom Universum integrieren kann. Dafür ist emotionale Instabilität notwendig. Nichts soll zurückgehalten, unterdrückt oder unausgesprochen bleiben.

Höhere Lebensformen wie der Mensch können nur existieren, weil sie eine höhere Schwingungskomplexität aufweisen, somit eine höhere Form der Intelligenz leben und damit einhergehend, mehr Entwicklungsenergie zur Verfügung haben. Ein Stein hat diese Möglichkeiten nicht. Auch eine Zelle muss sich mit anderen austauschen, muss in Wechselwirkung stehen, um Organe, ein Gehirn, ein Herz, einen Körper herausbilden zu können. Dafür bedarf es des Zusammenspiels vieler Dimensionen im Gravitationsmeer. Die Marken reduzieren die Bandbreite.

Die Wirtschaft schwächt die Wertschöpfungskraft. Das Fernsehen kapselt Denkweisen und Weltbilder ab.

Tatsächlich will Speed ein Stück weit scheitern, damit die Menschen ihn korrigieren, ihn ergänzen und dabei das, was er sagt, erweitern. Das aber steht in radikalem Widerspruch zu all unseren Wertvorstellungen. Denn warum sollen wir ihm zuhören, wenn das, was er sagt, vielleicht nicht stimmt? Wenn sein Vortrag konsequent inkonsequent und ungenau ist. Das ist doch kein Produkt. Das ist ja unlogisch. Es ärgert mich maßlos, dass er sich ständig von dem Typen in der Ecke unterbrechen lässt, der von seiner Freundin erzählen will, die ihm abgehauen ist. Was hat das denn mit der Sache hier zu tun?

Die Vernetzung, das Profil, die Verkürzung der getwitterten Aussagen, die zur Angleichung des Selbstausdrucks zwingt, ist nur eines von unzähligen Beispielen, die illustrieren, weshalb die moderne Zivilisation sich letztlich selbst auflöst. Wir sind das Netz. Jeder hat darin ein Profil. Jedes Profil lässt sich auf vier Masken reduzieren. Männlich oder Weiblich, hübsch oder weniger hübsch, erfolgreich oder versagend, relevant oder nicht vorhanden. Distanz statt Nähe, Klarheit statt Offenheit. Keine Pulsieren zwischen den Polen.

Das Netz erscheint jedem, der ein kontrastloses Leben führt, als bunte Chance, als könne jeder zu jederzeit ein Video, ein Statement, ein Buch veröffentlichen. Ein großer Sprung für den, der nur die Entscheidungswahl zwischen McDonalds oder Burger King kennt, aber ein kleiner Schritt für die Menschheit.

Plötzlich fällt es mir wie Schuppen von den Augen, dass Speed mit Resonanz und Austausch die Schaffung von

Ökosystemen, die Schaffung von Welten meint. Klar doch, schießt es mir durch den Kopf. All die Dinge die wir nicht aussprechen, die privaten Träume, die inneren Zweifel, all das wird nicht zu einer gelebten Realität zwischen mir und meinen Freunden, meiner Familie, meinem Boss. Die Welt verkleinert sich. Die Abläufe werden schneller. Es gibt keinen Widerstand mehr. Ich werde schwach und habe das Gefühl zu verdummen.

Noch nie hat jemand die Ökonomie auf der Basis schwacher Kräfte der Sphären beschrieben. Noch nie die Faktoren Angst und Charakterlosigkeit, Gier, oder sexuelle Dominanz berücksichtigt. Würden die Ökonomen diese Worte benutzen, würden die Leute aufwachen und das Wesen der Sphäre begreifen. Wirtschaft wäre eine Frage der Lebensweisheit und nicht der abstrakten Zahlen, denen sich komplexe Lebendigkeit unterordnen soll. Natürlich erzeugt das Konflikte. Zu viel Ordnung führt immer zu Konflikten, weil es eine Form der Reduktion ist, der Abstraktion, ohne den direkten Bezug, ohne die Nähe auch mal zuzulassen. Darum ist das hier ein für die Eliten gefährliches Experiment.

Es sind nicht nur die Milliardenvermögen, welche die Wirtschaft lenken, sondern die schwachen Kräfte in den Sphären. Die Bequemlichkeit der Leute.

Ich merke, dass Mr. Speed wieder Dinge auslässt, und mich dadurch zum eigenständigen Denken inspiriert. Und ich glaube, ich hasse ihn dafür. Weil ich das als Fehler, als Unzulänglichkeit seiner These werte. Seine Zerrissenheit und die Widersprüche. Dass er sich nicht einordnet in die Produktion.

Ich bitte ihn genauer auf das Phänomen der Selbstähnlichkeit einzugehen. Das klingt für mich ordentlicher. Ich will exakter wissen, weshalb diese Abschottung der Sphären passiert und was dies für gesellschaftliche Auswirkungen hat. Warum der Mensch sein Verhalten nicht ändert. Vielleicht ist es nicht möglich? Wir könnten bleiben wie wir sind. Das Wenige genügt mir manchmal. Wir kennen einander zwar nicht, aber können uns doch als Freunde bezeichnen, als geordnete Gemeinschaft, mit einfachen und klaren Regeln.

Alles Leben geht von einem Impuls aus, der sich polar äußert und wie gesagt entweder Resonanz erzeugt, somit dünne Sphärenschalen, oder als Schwingung ausläuft, also als dicke Schale in resonanzschwachem Raum. Diese Begrenzungen oder Schalen können auch aus der Dynamik der Kräfte verschiedener Impulse entstehen, wie Wasserströmungen, die in sich diffuse Übergänge haben, weil die Wassertemperatur beispielsweise unterschiedlich ist. Und jetzt kommt das Wesentliche. Umso weiter die Morphologien vom Kernimpuls entfernt sind, umso schwächer wird die Schwingung und umso dicker wird die Schale. Weil in jeder Schwingung andere Schwingungen enthalten sind, führt Resonanz am Ende der Welle schließlich zu Selbstähnlichkeit der Forminformation. Bei auslaufender Schwingung bildet sich am Ende ein Raum aus schwacher Energie und geringer Bewegungsdynamik. Es kommt zu Selbstähnlichkeiten, die sich stärker verfestigen und abgeschottete Sphärenstrukturen ermöglichen. Das bedeutet die Sphären am Ende einer Welle bilden weniger Abweichungen, als am Anfang des Hauptimpulses. Selbstähnlichkeit ist also ein Resonanzphänomen. So etwas ist auch als stehende Gravitationswelle bekannt. Es ist zunächst nicht gut oder böse. Die Frage ist nur wo man eine Gesellschaft bauen will. Näher am Hauptimpuls, wo mehr Veränderungsenergie und Sphärendurchlässigkeit vorhanden ist, oder am äußersten Ende wo sich Ausdrucksformen starr angleichen, Gesellschaften verspießern und sich nur noch gegenseitig kopieren, ohne das da noch viel Austausch, Dynamik oder Resonanz passiert.

Ich denke es geht darum, die Gesellschaft zwischen dem einen und dem anderen Ende pulsieren zu lassen, während starke Machtmenschen sich selbst gerne nah am Kernimpuls platzieren und die Gemeinschaft am gegenüberliegenden Ende ansiedeln. Dann ist eine Gesellschaft auf einseitiger Kommunikation aufgebaut, die von einem starken Impuls, wie von Regierungen und Massenmedien, ausgeht, während die Bevölkerung zu schwach ist, um eigene Impulse zu setzen. Die Revolution besteht darin, diese Prinzipien als physikalische Größen zu begreifen und konkret mit ihnen zu arbeiten.

Hierarchie ist ein Resonanzphänomen welches auf Naturgesetzen beruht, auf geometrischen Bewegungsabläufen, die alle Ebenen der Existenz erfassen. Das Wesen des Anführers ist es, Besitz von der Eigenschwingung der Untergebenen zu nehmen und Resonanz untereinander zu unterdrücken. Alle Kraft, alle Aufmerksamkeit strömt zum Zentrum. Wer dies beherrscht, kann keine eigenständige Entscheidung mehr von den Untergebenen erwarten, weshalb diese Form der Verantwortung des Anführers überholt ist. Es ist falsch, Menschen zu dominieren, wenn die Probleme und Fragen komplexer sind als der Verstand des Anführers. Da der klassische Leader den Untergebenen die ihnen innewohnende Entwicklungsenergie abzieht, bleibt diesen nur noch die Kraft der Angleichung, das annähernde Kopieren des Nachbarn. Denn es fehlt sowohl an Information, wie ein anderes Leben aussehen könnte, wie auch an Energie, um dieses umzusetzen. Das typische Bild des unpolitischen Konsumenten, der aus Schwäche die Umwelt zerstört und dazu beiträgt, dass er selbst und seine Nachbarn ausgebeutet werden.

Zeitgemäßes Leadership hingegen bedeutet in alle Richtungen Resonanz zu leben, Reibung zu erzeugen und extrem zwischen dem eigenen Inneren und der Außenwelt zu pulsieren.

Verstehe mich nicht falsch! Anpassung ist nicht nur schlecht. Sie ermöglicht auch den Aufbau größerer und komplexerer Strukturen. Lebendig werden diese jedoch erst, wenn zwischen Anpassung und Abweichung ein dynamisches Wechselspiel besteht.

Seit Generationen versuchen, wir das Subjektive loszuwerden und verlieren dabei den Bezug zur Wirklichkeit. Kaum jemand traut sich noch aufzustehen und die eigene Meinung zu vertreten, gerade weil sie abweicht, weil sie nur ein Teil des Ganzen ist. Für einen Moment finde ich seine Feststellung tröstlich.

Dann ein lauter Knall von draußen.

Ich nenne diese von mir entwickelte Disziplin die synästhetische Wissenschaft, da, wie bei einem Synästheten, eine Farbe einem Klang entspricht, eine Form einer Zahl, ein Rhythmus einer Geometrie, eine Architektur einer Idee, ein Gedanke einer Emotion. Die Existenz ist nur noch ein Ereignis, indem sich Resonanzbezüge herstellen lassen, die zu Realitäten werden. Das ist meine Revolution. Eine Chance, die vielleicht nur an diesem Samstag existiert. Die

Möglichkeit, die alles verändern könnte, tragen wir sie nur durch diese Türe.

Draußen höre ich wieder diese Geräusche. Es sind Stimmen, wie mit einem Megafon gebrüllt. Sirenen und heftiges Poltern. Dann Stille.

Ohne Selbstähnlichkeit, also das Prinzip der Spirale, die sich immerzu um den selben Punkt dreht, aber nie am selben Punkt ankommt, gäbe es weder die Information, noch die Energie, um die Natur in all ihren vielfältigen Form herauszubilden. Die Frage lautet aber, wie weit dürfen wir zulassen, dass eine kleine Elite die Lebensprozesse manipuliert, weil sie über dieses Wissen verfügen? Über das Verständnis, wie Formen und Strukturen in der Natur und im Menschen entstehen?

Jetzt schlägt Speed vor, die Disziplin des berauschten Gesellschaftsdesigns als Gegengewicht zur Naturwissenschaft zu etablieren, also ein Gleichgewicht herzustellen, zwischen dem Erforschen von Naturgesetzen und der freien Gestaltung von Naturgesetzen, per individueller Entscheidung.

Auf diese Weise erhofft er sich die Freiheit des Menschen gegenüber einer Wissenschaft zu erweitern, die zu viel Wissen über Vorgänge des Lebens, in zu wenigen Händen hält.

Gerade mit Blick auf die Gehirnforschung und die künstliche Intelligenz formuliert er die Notwendigkeit, die Bevölkerung als subjektives und kreatives Potenzial stärker in die Erarbeitung dieses Wissens zu integrieren, weil es sonst gegen sie benutzt werden würde. Es entstünde eine herrschende Gesellschaft, die von sich überzeugt ist, ethisch, wirtschaftlich, geistig am Höhepunkt der möglichen

Entwicklung zu stehen. Ein mordendes Monster, ohne Empathie. Genährt von Gut und Böse, während es das eine Volk gegen das andere treibt.

Hast du über der Bar das Bild der Spirale gesehen und jenes von der Erdkugel, die als Sphäre dargestellt ist? Seit ich mich mit diesen Dingen befasse, ist mein ganzes Leben ein Orkan und die Kräfte die freigesetzt werden, sind gewaltig.

Ein Teil von Dir ist immer Chaos, also Muster höherer Ordnung.

In der Schule wird darüber nie gesprochen. Man soll sich spezialisieren, weil Spezialisierung einen schwächt, eine ganze Gesellschaft schwächt. Früher ging es um ein Lernen, das den eigenen Verstand mit Wissen erweitern sollte. Das ist reinem Training gewichen, also dem Abrufen von erwarteten Ergebnissen. Warum tun wir das, wenn es uns doch selbst schadet? Weil wir einen festen Wert definiert haben, der verhindert, dass wir die Auswirkungen erkennen, also über den Tellerrand blicken. Das ist Physik. Das ist Gesellschaftsdesign. Vor diesem Hintergrund stellt sich die Frage, wie die Demokratie ergänzt werden muss, damit die Menschheit nicht gegen die Wand fährt? Wie kann die Qualität der Demokratie erweitert werden? Als bewussterer Prozess der Weltgestaltung, zwischen vielfältigen Menschen, in einer kraftvollen, innovativen und lebensbejahenden Wirtschaft und einer neugierigen, offenen, chaotischen und zu gleich ordnenden Wissenschaft?

In diesem Moment geht ein alter Mann in einem seltsam rhythmischen Gang durch die Bar und bestellt sich einen Martini. Gerührt, nicht geschüttelt. Von Beruf ist er wohl Fischer und heißt Mr. Plant. Dies veranlasst Speed dazu, eine halbe Stunde von seiner Begegnung mit den Led Zeppelin Sängern Robert Plant und Jimmy Page zu erzählen und davon, dass Jimmy Page im ehemaligen Haus eines Mystikers lebt und Speed ihm mal mit einem Gefallen aus der Patsche half. Der Amerikaner stellt hingegen die Frage, was Mr. Plant wohl für eine Pflanze wäre, wenn er eine Pflanze wäre. Irgendwie kommen wir dann auf Speeds Entscheidung, das ganze Universum gleichzeitig zu leben, weshalb er aktuell total abgebrannt ist. Keine Firma kann etwas mit dem ganzen Universum anfangen und er hat kein Produkt mehr, wenn er mit dem ganzen Universum in Beziehung steht und sich davon nicht abgrenzen kann.

Dass am Anfang immer der starke Impuls einer zentralisierten Macht steht, ist zwischen den Sphären nicht mehr erkennbar. In denen es Menschen an Überblick fehlt, um das übergeordnete Prinzip zu erkennen, welches sie unbewusst durch die Wiederholung der Normen des Nachbarn abbilden. Allein von der kleinen Abweichung, die ihnen dann noch bleibt, um nicht eine reine Kopie zu sein, leiten sie ihren Individualismus ab.

Das Sphärenmodell macht sichtbar, wie Macht sich versteckt und erklärt, warum die Demokratie in den von Massenkultur geprägten Gesellschaften nur wenig den Willen der Massen spiegelt, sondern überwiegend den der Eliten.

Ein Herrschaftssystem bildet einen starken Impuls einer Regierungsordnung, die sich in der Bevölkerung zu selbstähnlichen Sphären formt und dadurch Verbreitung findet. Nur auf diese Weise ist es möglich, dass einige wenige die Massen dominieren und die Massen diesen Einfluss kaum bemerken.

Sind sie doch scheinbar nur von ihresgleichen umgeben.

Das ist natürlich eine unerhörte Aussage. Es gilt als ungeschriebenes Gesetz, dass der Wille der Massen die Grundlage des freien Willens überhaupt ist, was die Gesellschaft betrifft. Das Individuum hat eine Stimme, aber die Relevanz bildet sich aus der Summe der Stimmen. Man spricht sogar von Schwarmintelligenz. Doch Speed macht gerade klar, dass die Masse wegen ihres inneren Zwangs zur Selbstähnlichkeit stets der Spiegel starker Impulse von außen ist. Man übernimmt Ideen und hält sie für die eigenen, zerlegt, aber differenziert nicht, spaltet aber integriert nicht, weil alle derart ähnlich denken, dass man permanent damit beschäftigt ist, Teile vom Ganzen abzuspalten, um sich dadurch von den anderen abzuheben, ohne dabei aber Integrität zu erlangen. Weltbilder verändern sich nicht. Sie zerteilen sich nur in Lager, die einander bekämpfen. Das zerstört den Überblick und stabilisiert Denkweisen, die von Autoritäten vorgelebt werden. Das Volk entwickelt nichts mehr. Es streitet nur noch. Ein natürliches Grundprinzip wird manipuliert und für eigene Interessen genutzt. Dies ist aber, wie Speed sagt, nur möglich, wenn eine Gesellschaft in der auslaufenden Welle gebaut ist, also dort, wo nur noch schwache Energie, zu dichte Struktur herrscht.

Die Demokratie ist überhaupt nur zu verstehen, wenn du verstehst wie Massen sich vormachen, der kollektive Wille sei ihr Wille und überhaupt der Wille der Mehrheit und wie die Eliten die Massen mit Leichtigkeit darin täuschen.

Gehört mir ein TV-Sender und ich verbreite beispielsweise die Aussage: »Alte Menschen sollte man töten« wird das in den Sphären diskutiert. Zunächst verbreitet sich die Idee, dass alte Menschen sowieso sterben und dass man vielleicht auch Verbrecher töten sollte und überhaupt muss über effizientere Formen des Lebens nachgedacht werden. Jeder will sich die Idee aneignen und weicht darin latent ab, verändert aber nicht den Kern, also die Reduktion, das Framing. In der Kontroverse ist mein Satz zunächst in unterschiedliche Form gespalten worden, um mit den Sphären in Resonanz zu geraten, die zu dicke Schalen haben, um komplexere Gedanken integrieren zu können. Alles wird zunächst in die kleinsten Teile gespalten, was den Eindruck von Vielfalt erzeugt. Vielfalt im Kleingeistigen, im Dogmatischen, in Intoleranz. Doch nach einer Weile gleichen sich die Ansichten wieder an. Meist zeitlich versetzt, weil der Druck zur Selbstähnlichkeit sie aus dem Unbewussten wieder hervorholt. Nur denken die Menschen diese Gedanken, Werte und Überzeugungen kämen nun von ihnen selbst. Die Angleichung nehmen sie als Fortschritt wahr. Dabei haben sie sich keinen Millimeter bewegt.

Das Ergebnis ist dann vielleicht: »Es ist schon in Ordnung, die Apparate an denen ein alter Mensch hängt, früher abzuschalten als bisher.« Die Massen, die das verbreiten, werden der Ansicht sein, es sei ihre Idee gewesen. Auch kommt es ihnen nun vor, als sei das die Normalität, weil sich dieser Gedanke über die Jahre in das Unbewusste der Massen eingeschrieben hat. Auch darin gibt es leichte Abweichungen, die den Eindruck vermitteln, es herrsche Meinungsfreiheit. Gleichzeitig sind sie sich darin einig, dass es Individualismus, Genies und originäre Gedanken überhaupt nicht gibt. Weil ihnen diese in den Sphären mit den dicken Schalen nie begegnen. Information bleibt in Clustern, in Boxen und färbt die Wahrnehmung. Jedes Thema lässt sich entsprechend in einen begrenzten Rahmen setzen, mit dem man eine Gesellschaft impfen kann. Ich muss dann nur noch ein oder zwei weitere Sätze ins Spiel werfen und spätestens nach zwei, drei Jahren werden ältere Menschen in der einen oder anderen Weise früher sterben. Der Wille der Eliten setzt sich in den Sphären fort, wie eine Schwingung, auf die andere Schwingungen nach dem Prinzip der Selbstähnlichkeit aufmoduliert werden. Wer im Wald der Sphären sitzt bekommt davon nichts mit, sondern diskutiert kleine Details und hat das Gefühl, gehört zu werden. Um einen eigenen dominanten Satz in die Zivilisation werfen zu können, fehlt es den Menschen in den Sphären an Energie und an Unterscheidungskraft, ein Mangel an Bandbreite und vielfältiger Existenzerfahrung, aufgrund der Abstumpfung der Sinne und der Reduktion der Resonanzbezüge. Sie denken ähnlich, reden ähnlich und haben keine Prägnanz. Sie können keinen starken Impuls setzen, der je die Kraft meines Beispielsatzes erreichen würde. Darum ist die Demokratie nicht der Höhepunkt des Demokratischen, sondern eine Methode zur Verhinderung eigenständiger, nicht kontrollierbarer Entwicklungsdynamik, innerhalb einer Gesellschaft. Man entzieht den Leuten die Entwicklungsenergie und stellt Politikverdrossenheit her, bis sich das Individuum für immer aus der gemeinsamen Gesellschaftsgestaltung zurückzieht.

Dieser Prozess lässt sich am Unterschied zwischen Symbol und Zeichen illustrieren. Ein Symbol ist ein mehrschichtig in Resonanz stehender Inhalt, eine Information, die lebendige Kraft besitzt, weil sie von vielen Menschen abweichend wahrgenommen und interpretiert wird. Dadurch fließt der dahinterstehenden Struktur, dem Inhalt, dem Thema, viel Energie zu. Ein Zeichen hingegen ist weitgehend tot, weil es die

Interpretation in einer Abspaltung, einer Reduktion festlegt. Würden wir uns mit Symbolen unterhalten, wären wir eine vielfältigere und intelligentere Gesellschaft mit mehr kreativer Lebensenergie. Da wir uns nur in Zeichen unterhalten, verletzen wir uns dauernd gegenseitig, verstehen nicht, finden nicht zu einem authentischen Austausch. Die vielen sozialen Probleme, die zerfallenden sozialen Beziehungen haben mit der Sprache und mit der Form zu tun, in der sich Menschen heute austauschen.

Politiker bauen Gesellschaften überwiegend auf Zeichen (klaren Gesetzen) und kaum auf Symbolen (unscharfen Resonanzen) auf. Das schafft Unselbstständigkeit und Dogmen, die neue Verletzungen bewirken, auf denen neue Konflikte beruhen, denen dann wieder mit Zeichen begegnet wird. Der Rechtsstaat erschafft das Unrecht. Eine Gesellschaft könnte sich auch aus innerer Empathie heraus organisieren. Wer Jahrzehnte verletzt wurde, spürt jedoch nichts mehr. Viele Jahre würde es dauern. Vielleicht Generationen. Bis sich natürliche Ordnung wieder einstellen kann. Ich dich unmittelbar sehe und würdige und du mich.

Jedes Logo eines großen Konzerns ist eigentlich ein Symbol, wird aber als Zeichen verstanden. Genauer gesagt, ist es für die Inhaber ein Symbol, welches emotional aufgeladen, also in Resonanz gebracht wird, für die Konsumenten ist es aber nur mehr ein Zeichen. Etwas was sie lediglich einseitig aus der Distanz, als Information, in sich aufnehmen sollen. Aber bitte ohne mit dem Unternehmen in unscharfe Resonanz zu gehen, also auch auf anderen Ebenen, als nur über den Warenaustausch gegen Geld. Denn das würde den Machteinfluss des Unternehmens schwächen, aber die Gesellschaft stärken.

Richtig wäre es, wenn auch die Konsumenten, die sich dann nicht mehr so bezeichnen, also reduzieren lassen, die Unternehmen selbst als Symbole sehen, mit eigener, subjektiver Auslegung und in der Resonanz, im echten Austausch diese Sphärenschalen der Marken und Konzerne aufbrechen, um Wirtschaft in die Lebenswirklichkeit hinein zu erweitern.

Die Werte würden als tieferliegende Symbole erkannt, und dieser Austausch würde lebendig eingefordert. Eine Marke stünde für Liebe, eine andere für Wahrheit. Nicht im Sinne des Marketings, sondern als realer und subjektiv gestaltbarer Bezug, mit dem ich arbeiten kann.

Ist es nicht erstaunlich, wie sehr das unsere Wirtschaft verändern könnte? Es führte sofort zu einem authentischeren Markt. Der Austausch fände nicht nur über Geld, sondern auf vielen Ebenen statt, weil die Ware, das Produkt, die Firma eine Frage der Interpretation, also des unmittelbaren Kontextes wäre. Lebenswirklichkeit des Individuums würde zum Drehpunkt der Begegnung zwischen Unternehmen und Mensch. So aber passt die Bevölkerung ihr Leben den Waren und Marken an. Ihrer Eindeutigkeit. Sie behindern die authentische Identität des Menschen und erzeugen Abhängigkeit von den Identitäten der Marken, an denen das eigene Überleben im künstlich definierten Markt hängt. Weil man zuvor durch den Abbau des Lebendigen, der freien Interpretation der Werte, die eigentliche Existenzgrundlage einer breit gefächerten Existenz zerstört hat. Nur die soziale Verbindung kann eine Gesellschaft ernähren. Die Kultur ist die Basis. Nicht die Konzerne.

Genau das habe ich versucht zu zeigen, als ich vor der Zentrale von Red Bull drohte, einen Stier zu töten. Ich wollte mir das Symbol Red Bull aneignen, während deren Anwälte mich darauf hinwiesen, dass es für mich nur ein Zeichen sein darf, dessen eigenständige Benutzung mir untersagt ist. Ein Mechanismus der Kontrolle, der in der modernen Wirtschaft überall zu finden ist.

Weil die meisten Ökonomen hier nur an der Oberfläche kratzen, bleiben die modernen Tools der Ökonomie schwach und ungeeignet, die wirtschaftliche Misere unserer Zeit zu lösen. Sie sehen die Wirkung der Sphären nicht.

Es ist notwendig, die Konzerne zu zerschlagen und die Symbole zu erweitern, um die Wertschöpfung in der Breite der Bevölkerung zu ermöglichen. Weder das Schaffen von Arbeitsplätzen, noch das Schaffen von Detailregelungen ändert etwas am grundsätzlichen Baufehler des Kapitalismus, der immer dafür gedacht war, die Bevölkerung schrittweise zu enteignen und in Schuld und Abhängigkeit zu treiben. Dies wurde nur wegen der Sphärenblindheit nie erkannt.

Fast alles, was Ökonomien heute tun, ist im Sinne der Eliten und selten im Sinne der Volkswirtschaft. Deregulierung als Radikalmaßnahme beispielsweise führt zu einem anarchischen Markt, in dem die Stärksten sich durchsetzen und die Wirtschaft in Monopolen dominiert, somit den Austausch von Energie in einem System auf die dicken Leitungen, Verkaufskanäle usw. reduzieren, weil die Konkurrenz nicht stark genug ist einen eigenen kraftvollen Impuls zu setzen. Monopole entziehen dem Markt zusätzlich Resonanzkraft und führen zu Blasen und einem Crash. Alle Energie wird im Monopol gebündelt. Darum schwindet die Kaufkraft mit Steigerung der Blase. Bis das ganze Ding zusammenbricht.

Die darauffolgende Überregulierung durch die Regierungen, sowie die Sparmaßnahmen, verschärfen diesen Prozess, weil nun die wenigen Marktkanäle und Monopole durch die Normierung der Gesetzgebung standardisiert werden. Die Kraft des Stärkeren wird nun durch die Norm des Stärkeren ersetzt, um es den Großen noch leichter zu machen die Konkurrenz zu beseitigen und den Wohlstand abzuschöpfen. Wenn dann die Gesellschaft erneut am Boden liegt werden wieder Milliarden ins System gepumpt, die dann noch schneller bei den wenigen großen Konzernen landen. Es existiert ja kein Handel mehr von Mensch zu Mensch, sondern nur noch von den großen Konzernen zu den Massen. Ohne ein tiefes Verstehen, wie in der Sphärendynamik die Verteilung von Energie, Wissen und Identität passiert, also der Frage, wie Energie in der Breite verteilt und aus der Breite einer Wirtschaft geschaffen wird, ist moderne Wirtschaftspolitik reine Ressourcenverschwendung.

Gleichzeitig ist es den kleinen Leuten durch zahlreiche Regulierungen verboten, sich eigene Formen des Handels und Austausches aufzubauen. Das wird dann als Schwarzmarkt bezeichnet. Eben diese kleinen Formen des Austausches wären aber die ersten Wurzeln einer dynamischeren Wirtschaft. Der Staat vernichtet diese, weil man noch immer an die Steuereinnahmen über das große, vereinheitlichte System glaubt, in dem tatsächlich immer weniger Konzerne überhaupt Steuern zahlen. Jedes eigenständige Geldsystem, jeder private Warenaustausch wird verfolgt und kriminalisiert.

Einen Moment war ich weggetreten. Ich kann nicht sagen, wie viel Zeit vergangen ist. Nun aber ist mein Geist ganz klar. Als wäre ein reinigendes Gewitter vorbei gezogen. Draußen höre ich wie jemand schreit. Amerika! Europa!

Die Männer an der Bar drehen sich um. Doch die Türe bleibt verschlossen. Nur die Wand vibriert ein wenig. Organische Formen, wie Körperteile, drücken sich wölbend durch die Holzvertäfelung der Decke. Ein Kurzschluss zischt und funkt von der Lampe herab. Ich schaue rüber zu Speed, der mir gegenüber sitzt. Sein Körper ist in einen Kokon gehüllt, durch den er weiter zu mir spricht.

Das Freihandelsabkommen. Es ist das verdammte Freihandelsabkommen. Als sei es die größte Selbstverständlichkeit, wird von den Vorteilen eines Angleichens der Standards gesprochen und der Eindruck vermittelt, es entstünden durch den größeren Markt auch mehr Arbeitsplätze, durch mehr Spezialisierung und höhere Produktivität. Dabei kann moderne Ökonomie die Nebenwirkungen überhaupt nicht beschreiben, weil ihr dafür das Vokabular fehlt. Sie kann nicht erklären, warum Standardisierung automatisch zur Reduktion der Innovationsfähigkeit und der breiten Wertschöpfung führt. Es mag zwar am Anfang der Eindruck entstehen, der Handel nehme zu, weil er sich vereinfacht. Im zweiten Schritt aber kommt es zu einem Prozess der Rationalisierung und weiterer Beschleunigung der Zentralisierung von Entscheidungsprozessen, was es den kleinen Unternehmen und den einzelnen Bürgern zunehmend unmöglicher macht eigenständige, individuelle, lokale Lösungen zu entwickeln, die aber die Grundvoraussetzung dafür sind, dass die Geldflüsse auch in die Breite übertragen werden. Was die Firma Amazon mit den lokalen Buchhändlern angerichtet hat und was hier der Literatur, dem geistigen Erbe angetan wurde, kommt in der Rechnung nicht vor. Weil natürlich Amazon Arbeitsplätze schafft und hoch produktiv ist. Sie zahlen nur fast keinerlei Steuern und anderswo veröden kleine Gemeinden und Städte. Dies ist den Eliten weitgehend egal, weil die Gewinne der großen Unternehmen durch ein Freihandelsabkommen weiter steigen und es noch leichter wird, die Bevölkerung auszubeuten. Eine schwache Gesamtwirtschaft steht also nicht im Widerspruch zu hohen Gewinnen bei den Konzernen. Wirtschaftswachstum kann auch stattfinden, ohne die Bevölkerung daran zu beteiligen. Auf die Frage, was dieses Abkommen für die Volkswirtschaft bringen soll, liefern die meisten Ökonomen nur schwammige Antworten, weil sie darauf tatsächlich keine Antwort haben. Es fehlt ihnen an Sprachfähigkeit, um auszudrücken, wie die Erweiterung eines Marktes tatsächlich zu mehr Dynamik führen soll. Es sind keine Menschen mit Fantasie und Kreativität. Sie verwechseln quantitative Marktvergrößerung mit qualitativer Markterweiterung. Diese Differenzierung kennen sie nicht. Hohe Produktivität kann eine Volksökonomie auch ruinieren, wenn sie durch moderne Technologie weitgehend automatisiert wird.

Ich sehe Speed an und wundere mich nicht. Ich finde es OK. Alles ist erlaubt. Doch muss es schneller gehen. Bald schon werden sie uns holen kommen.

Das Sphärenmodell beschreibt also nicht nur, warum der Bürger den Einfluss der Medien und Eliten auf das eigene Leben kaum bemerkt, was die Illusion einer offenen Gesellschaft erzeugt, sondern ermöglicht auch tiefe Einblicke in das Kreativitätspotenzial, das lebendige Energielevel eines Landes. Dort, wo eine Ökonomie finanziell scheinbar erfolgreich ist, aber in sich kaum integrierende Vielfalt aufweist, beruht sie immer auf Ausbeutung, während nur eine Ökonomie mit hoher

Vielfalt an Resonanzbeziehungen tatsächlich selbst Energie, Ressourcen, Werte in Resonanzprozessen erschafft. Dann begegnen sich keine Profis, keine Stereotypen, sondern wache Menschen mit Persönlichkeit und tiefen Motiven, echten Emotionen, wahren Gedanken.

Da der Fokus zu sehr auf den Produkten und zu wenig auf den erzeugten Austauschprozessen liegt, verzerrt modernes Wirtschaftsverständnis das Bild davon, was eine erfolgreiche Ökonomie tatsächlich ist.

Erfolgreich ist nicht, wer durch Standards den Reibungsverlust für die Großindustrien verringert und darum Gestaltungskraft aus der Breite abschöpft, aber diese über dicke Leitungen zur Machtstruktur und nicht mehr zu den Menschen bringt, sondern jene Ökonomie, welche das Resonanzniveau, die Dichte an Austausch insgesamt qualitativ erhöht. Also nicht mit Breitbandinternet, sondern mit einer Kultur des authentischen Austausches aus vielfältigsten Wissens- und Erfahrungsebenen heraus.

Das aber braucht Unterschiede, also Diversität in den Märkten und Individualismus in der Umsetzung von Lösungen, Produkten und Dienstleistungen. Das steht jedoch im Widerspruch zu einem Ausbildungssystem, welches Menschen produziert, die Standards entsprechen und davon möglichst nicht abweichen sollen.

Nur radikaler Individualismus und ein starkes soziales Gefüge führen zu kraftvoller Ökonomie. Heute aber ist nichts den Wirtschaftstreibenden, Politikern und Ökonomen fremder, als der Wert des freien Individualismus und soziales Bewusstsein. Bis zum Hals stecken sie in einer Dienstleistungsgläubigkeit, die nur noch eine leere Ideologie darstellt. Wer dient, hat selbst keine Bedürfnisse mehr.

Schaffe also nicht mehr Arbeitsplätze, sondern erlaube mehr Berufe! Frei erfunden, wenn es sein muss. Wenn ein Individuum das will. Schaffe nicht mehr Großkonzerne, sondern mehr Kleinbetriebe, die lokal und ganz individuell Produktionsabläufe entwickeln! Vergiss Arbeitsverträge! Vergiss Arbeitsmarktregeln! Fange an, mit deinem Gegenüber Klartext darüber zu sprechen, was du wirklich denkst, fühlst, erlebst und für eine gute Lösung hältst! Streitet Euch bis die Fetzen fliegen und integriert das was dazwischen passiert! Die ArbeiterIn als Befehlsempfangsmaschine ist out!

Nur das freie Individuum, welches das eigene Innere erforscht, den eigenen Weg geht, kennt auch echte Bedürfnisse und Werte. Die Grundlage natürlicher Märkte und der Innovation. Dort wo Anpassung an einen Markt dominiert, wird der breiten Bevölkerung Gestaltungskraft entzogen und die Lebensgrundlage kann nur noch durch Umverteilung passieren, die immer ungerecht ist. Darum ist die wahre ManagerIn eine RebellIn im Sinne der Menschheit. Eine die neue Bedürfnisse auslotet, sich selbst erweitert und somit das ganze System stärkt. Nicht rücksichtslos, sondern im kreativen Zusammenspiel.

Dies ist kein Liberalismus im herkömmlichen Verständnis, da dieser nicht zwischen innerer und äußerer Freiheit differenziert. Ein freier Mensch, der sich zuerst nach Innen richtet, um dann etwas auszudrücken lebt eine völlig andere Freiheit, als jener der innerlich unberührt, unbewusst bleibt und eine unreflektierte Handlung nach Außen setzt. Im inneren sind wir alle einander sehr nah. Im Außen von einander getrennt. Nur wer die Freiheit aus dem inneren Prozess heraus sucht, kann diese in ein soziales, kulturelles, gemeinschaftliches Gleichgewicht bringen. Jeder sucht Anerkennung, Liebe,

Wahrheit usw.. Die konkrete Ausformung unterscheidet sich. Die innere Freiheit beflügelt ein System. Schafft Bewusstsein und Empathie.

Der Erfolg von Deutschland oder Amerika jedoch, besteht zu einem erheblichen Teil aus der strukturellen Benachteiligung anderer Länder, die man in der Geschichte über Kriege niedergeknüppelt und in ihrer Entwicklung irritiert, ja entwurzelt hat. Wegen der Kolonialisierung war es einfach, den Welthandel weiterhin zu dominieren, weil man die Handelswege, Börsen und Märkte weitgehend in wenigen europäischen Händen zentralisierte. Der Westen ist also nicht nur aus sich selbst heraus zu dieser wirtschaftlichen Stärke gelangt, sondern auch über die erzwungene Verlagerung von Ressourcen nach Europa und die damit verbundene Dominanz von Handelszentren in New York oder London. Wobei die Stärke der westlichen Wirtschaft eigentlich keine Stärke ist, sondern das Ergebnis der Schwäche der anderen. Die Schwächung der Weltwirtschaft, ist nun auch in Europa angekommen, weil die Eliten von Orten unabhängig agieren, sie ihre Vermögen jederzeit in andere Länder verlagern können. Sie gehen dorthin, wo ihre Machtstruktur sich verschleiern kann, wo sie nicht fürchten müssen, erkannt zu werden, weil die Menschen schlafen.

Die Männer von der Bar haben den Kopf von Speed nun freigelegt und beginnen ihn zu drehen. Je nach Drehrichtung, empfängt er, gleich einem Radio, unterschiedliche Frequenzen. Es werden andere Reden zur Auswirkung der Sphären auf die Gesellschaft empfangen. Manchmal ändert sich die Windrichtung in der Bar und es reißt die Männer links herum. Situationsgerecht kommt es dann zu einem anderen Kontext. Immer mehr des Wissens wird freigelegt. An der Türe heftiges Klopfen. Die Industriegesellschaft steht draußen und will rein, um die Maschine Speed abzuschalten. Es droht unbändige Lebenskraft.

Die Frage ist nicht, Zinsen rauf oder Zinsen runter, sondern Individualismus rauf oder runter. Dabei rede ich von einem Individualismus, den sich die Menschen erarbeiten müssen. Das kann Jahre dauern und muss vielfach erst wieder erlernt werden. Durch die Sphären wissen die Leute häufig nicht mehr, was sie wirklich wollen.

Ich gebe die Anweisung den Kopf in die andere Richtung zu drehen. Die Männer packen an und wieder kreischt Speed. Es dauert, bis wir die richtige Frequenz eingestellt haben.

Herrscht zu viel Kollektivismus und Angleichung, haben wir das Erleben, der Impuls des Einzelnen würde nur wenig bewirken. Das System lässt zu wenig Resonanz zu, um abweichende Impulse übertragbar zu machen. Menschen nehmen neue Eindrücke nicht mehr auf, berichten nicht davon, entwickeln diese nicht weiter, weil sie selbst in einer schwachen Sphäre mit dicker Schale sitzen. Das gilt besonders für Milieus mit viel Alltagsmonotonie. In Künstlergruppen ist das natürlich weniger der Fall. Dass, wie ich später noch erläutern will, diese Einschätzung falsch ist, weil durch jeden individuellen Impuls das Energielevel der ganzen Gesellschaft gehoben wird, bleibt vielen in den Sphärenparks verschlossen. Es wird einem gesagt, eine Idee habe keine Macht. Individualismus habe keine Macht. Nur das Befolgen von selbstähnlichen Vorgaben,

Normen und Standards bewege viel. Das stimmt nur scheinbar, weil in dem Moment, zwar viel Energie direkt übertragen wird, diese aber in linearen und vorbestimmten Abläufen gebunden ist. Sie kann nicht für einen freien Selbstausdruck, ja für das lebendige, überraschende Leben genutzt werden. Der Zyklus zwischen der Produktion eines Produktes und dem höheren Umsatz bei den Eigentümern der Fabriken verkürzt sich, aber der zivilisatorische Fortschritt bewegt sich gleichzeitig rückwärts, weil durch diese Beschleunigung und Zentralisierung der Wertschöpfung ein breiter Wohlstand, ein den Horizont erweitern in der Vielfalt der Bevölkerung, abgebaut wird. Wer eine Arbeit nach Anweisung exakt ausführt, verschiebt Energie schneller und gezielter in die Hände der Industrie. Gefangen in den schwachen Kräften der selbstähnlichen Sphären (dicke Schale) mit ihren konservativen Feedbackschleifen, erkennt das Individuum nie die eigene Macht, also die Fähigkeit das System durch Abweichung mit freier Energie zu versorgen. Während es den Eliten möglich ist, dadurch Ausbeutung zu zentralisieren und den Eindruck zu erwecken, das Mitarbeiten am Mainstream sei die produktivere Form des Lebens. Tatsächlich ist es ein Verbrechen an der Menschheit. Nicht mehr und nicht weniger. Der fleißige Arbeiter hilft die Zivilisation, Freiheit und den Wohlstand für seine Kinder zu zerstören. Weil er zur Marke, zur festen Identität wird und weder in Verhalten, noch im Denken oder Fühlen von der Norm der Marke abweicht.

Plötzlich durchströmt ein reißender Fluss die Bar. Überall Wasser. Speed wird chaotisch verwirbelt.

Das ist das Dilemma der digitalen Gesellschaft. Während der Weitergabe von Information wird nichts mehr hinzugefügt oder verändert. Es kann auch kein Missverständnis passieren.

Darum ist es logisch, dass mit Zunahme des Fortschreitens moderner Technologien der Informationsübertragung, die innere Entwicklungsenergie der Gesellschaft abnimmt. Das erklärt, warum unsere Wirtschaft mit Fortschreiten der digitalen Technologien und einer konsumfreundlichen Elektronik, die einem das Leben erleichtert und gleichzeitig das Entwicklungsspektrum reduziert, sowie der absoluten Standardisierung der Arbeitswelt, zunehmend schwächer wird.

Es ist also essenziell, dass wir in Zukunft Wege finden, unsere Technologie auf eine Weise zu gestalten, die mehr »Fehlerübertragung« von Informationen zum Ziel hat. Darum darf Technologie das Leben nicht unbegrenzt vereinfachen und erleichtern. Klingt wie ein Widerspruch, ist aber für unser Überleben wichtig. Der Mensch braucht das »nicht Funktionieren«, um Lebensenergie schöpfen zu können. Unsere ganze Orientierung und Wirklichkeit hängt davon ab.

Ich will Reibung. Mehr Reibung. Überall Reibung. Irritation. Widerspruch.

Ich stelle fest, dass es mir unmöglich ist, das was gerade in der Bar passiert, dort draußen zu erklären. Noch eben war ich ein Journalist und bestrebt die Wahrheit zu verbreiten. Nun aber, ist die Wahrheit nicht mehr übertragbar. Wer nicht dabei ist, ist nicht in dieser Realität. Dabei erscheint sie mir nah. Unendlich nah. Speed hat gesagt, dass wir irgendwann, nach Stunden des Saufens universell werden. Er hat die Theorie, dass unsere Gedanken schließlich am Ende des Wahnsinns, der nur die

Angst davor ist, nicht normal zu sein, zur Verkörperung des Universellen, eines anderen Wahren werden. Dann aber kann ich kein Journalist mehr sein. Dann bin ich nur noch Mensch.

Übernehme ich diese Verantwortung, aus dem Inneren der Bar, bin ich dort draußen eine verantwortungslose Verräterin. Ohne jeden Nutzen. Nur noch Irritation. Darum werde ich ihnen nie entsprechen. Es gibt kein Zurück. Sie nennen mich einen Terroristen. Dabei bin ich nur ein Liebender.

Außer »schneller, kleiner, billiger« sind wir komplett innovationslos. Wir können nur noch mehr vom selben in kürzerer Zeit und mit immer kleineren Sprüngen produzieren. Die Innovationszyklen werden verkürzt, weshalb die Geldströme rasch versiegen und alle zum nächsten Hype wechseln, während diese zu immer kleineren Fortschritten werden. Kürzere Entwicklungsprozesse bedeutet auch kürzere Halbwertszeiten in den Märkten. Die Ursache dafür ist die ängstliche Vermeidung, die Menschen in Sphären gefangen hält. Der Mensch wählt den Zustand geringerer Energie, um die Zugehörigkeit nicht zu gefährden. Große Innovationen werden möglicherweise überhaupt nicht mehr angenommen.

Eines Tages verweigern die Konsumenten neue Innovationen, die nicht nur die schnellere, billigere, kleinere Version des Bekannten sind, aus Angst vor Energieverlust. Die Abweichungstoleranz würde sich derart verringern, dass Innovationen von den Leuten nicht mehr angenommen werden, es sei denn es handle sich nur um Minimalabweichung. Kommt dann eine große Herausforderung auf uns zu, die hohe Kreativität erfordert, gibt es darauf keine Antwort. Ein Phänomen welches jetzt bereits überall zu beobachten ist.

Das wäre das Ende der Zivilisation durch zu effektive, zu hoch entwickelte Technologie. Eine Gefahr die thematisiert werden sollte.

Gehe arbeiten und bekomme Geld! Gehe mehr arbeiten und bekomme mehr Geld! Um das Energielevel einer Gesellschaft über indirekte Kräfte, Handlungen, Auswirkungen zu heben, bräuchte es Menschen mit starkem Charakter und einem langen Atem. Wer aber sollte das schaffen?

Die Männer stellen Speed auf den Kopf. Sein Schädel steckt in einem Loch im Boden, während seine Beine ein Victory-Zeichen bilden.

Aus der Sicht der Eliten, die quasi aus dem Zentrum des Universums gestalten, dreht sich alles um Sex und Macht. Dass Resonanz auch Relevanz ist, bedeutet für die Eliten etwas ganz anderes, als für den einfachen Bürger, der in der Tapete lebt.

Relevanz bedeutet heute für den Ottonormalverbraucher, dass etwas möglichst viele Menschen betrifft, also massenkulturell geprägt ist. Nur für die Eliten ist Relevanz eine Frage der eigenen, möglichst dominierenden Schwingung. Darum ist es jetzt nur verständlich, dass auch die einfach BürgerIn ihre Dominanz hinausbrüllt.

Weil die Eliten von einer anderen Physik ausgehen, als die Bevölkerung, unterscheidet sich ihr Umgang mit Krisen fundamental. Statt diese ängstlich zu vermeiden, erzeugen sie diese, um zu dominieren.

Was ihnen ihre Macht sichert, gilt in der breiten Bevölkerung als verpönt. Während die Eliten betrügen, herum huren, lügen und sich in den Vordergrund schieben, übt das Volk sich in Zurückhaltung.

Du bist eine Klicks generierende Einheit, die Lebensenergie in kleinen Dosen produziert, die sich zur Relevanz der Dienstherren addiert. Die letzte erlaubte Abweichung ist es, selbst den »Klick« auslösen zu dürfen.

Wenn ich jetzt unter den Bodendielen spreche, bilde ich bewusst keine Bezüge zu anderen Autoren, Denkern oder Wissenschaftlern, um nicht an die vorhandene Sphärenordnung anzudocken. Unbewusst passiert es natürlich trotzdem, aber das schafft doch eine gewisse Polarisierung zwischen Distanz und Nähe, Subjektivität und Objektivität. Dabei erfinde ich natürlich das Rad immer wieder selbst neu, was nicht notwendig wäre, haben doch andere das bereits getan. Übernehme ich aber leichtfertig die Erkenntnis der anderen, ist es schwerer, die notwendige Reibung zu erzeugen, um die Energie für neue Gedankengänge aufzubringen, weil es zu weniger »Fehlern« kommt, die neue Erkenntnisse ermöglichen.

Es donnert wieder an der Türe. Staub steigt aus dem Loch auf, während Speed unaufhörlich spricht. Etliche Behörden ermitteln gegen ihn, weil er sich weigert staatliche Anweisungen zu befolgen. Man stellt ihn als arbeitsunwillig hin. Es kann sich auf keinen Fall um nützliche Arbeit handeln. Das ist ja klar. Er steht schließlich verkehrt herum. Die Männer versuchen ihn herauszuziehen. Er spricht weiter.

Kriminalität ist nicht die Folge von zu wenig Ordnung, sondern von zu viel. Erhöht eine Gesellschaft die Dichte an Normierung, grenzt sie automatisch immer mehr Menschen aus, die durch das Raster fallen. Diese werden nicht mehr mit ausreichend Energie und Resonanz versorgt, um in positiven Konflikten zu eigener

Integrität und Resonanz mit der Gesellschaft zu gelangen. Somit entwickeln sie Schatten, also Formen von Destruktivität, mit der sie meist unbewusst versuchen, Reibung zu erzeugen um das Energielevel, die Lebensqualität zu erhöhen, die ihnen von der Spießbürgergesellschaft genommen wurde - die das aber nicht begreift, weil sie selbst in Käseglockenmilieus lebt, wo jeder ein Häuschen, einen Garten und einen Job hat.

Besonders großer Beliebtheit erfreut sich nun der 40 Grad Speed. Also Speed, der von drei Männern in einem 40 Grad Winkel gehalten wird, während er einfach Dinge ausspricht. In diesen Momenten wird es draußen ganz still und die Wände surren sanft. Stabilisiert man seinen linken Arm in einem 90 Grad Winkel empfängt er wichtige Inhalte zum Thema Massenproduktion. Die Zeit drängt.

Schließlich muss jeder Mensch aufs Klo gehen. Nahezu jeder hat Sex oder hätte diesen gerne. Also ist der Weg zu Ruhm und Erfolg für die einfachen Menschen ohne Überblick der Weg über Toilettenpapier, Kosmetik, dumme Witze, die jeder sofort versteht und ganz besonders über Sex.

Ich sage, dass ich denke, dass wir das schon hatten. Bin mir aber nicht sicher. Die Kellnerin schaut in den Notizen nach und bemerkt, dass dies für die Revolution unerlässliche Informationen sind. Noch ist niemandem klar, ob wir uns nach der Ausnüchterung noch an solche Details erinnern können.

Seit die sexuelle Revolution in Europa und den USA aus allem Sex gemacht hat, kann niemand mehr »Nein« zum Sex sagen, weil, was nicht sexy ist, keine Relevanz mehr besitzt. Es ist nicht durch jeden und in jedem austauschbar. Das ganze Leben muss sich um Toilettenpapier, Mobilfunkverträge und Sex drehen und wer dazu keinen Zugang hat, wer das nicht lebt, ist erledigt, weil er oder sie dann nichts mehr hat, womit man sich im Gleichen noch Relevanz, also Minimalresonanz verschafft.

Die Überwachung des Menschen in der Sphäre dient allein dem Zweck der Angleichung des Innersten und Privaten an den Mainstream.

Draußen rumpelt es wieder. Er müsse es weiter aussprechen, hab ich zu den Männern gesagt. Einfach weiter reden! Ich berühre sein linkes Bein. Er zuckt und kreischt. Ich drehe seinen Fuß ein wenig. Jetzt wieder kann ich klar verstehen, was er sagt. Für einen Moment habe ich mich zu sehr konzentriert. Schon verstand ich ihn nicht mehr.

Speed will das unmittelbare Erleben über die Theorie stellen und sucht nach einem Weg, um Menschen Vertrauen in sich selbst zu vermitteln. Die Politik hat mich verraten. Die Wissenschaft lässt mich allein. Die Kultur ist zerfallen. Was kann einer heute schon tun, wenn jede Lösung hundertfach von Experten durchdacht, schon hundertfach abgelehnt wurde, als es auszusprechen, als hinge das eigene Leben davon ab.

Einer der Männer behauptet ich, Mr. Bob, sei nicht Lösungsorientiert. Die Kellnerin hat ihm zu spät nachgeschenkt und er ist wohl zu rasch nüchtern geworden. Ich fürchte er könnte das was gerade passiert zu früh abwürgen. Sie stellen Speed wieder auf die Beine. Er hustet den Staub raus und blinzelt mit den Augen. Für einen kurzen Moment bin ich verunsichert, ob wir vielleicht noch immer diese optimierten Menschen sind. Uns darum gegenseitig wie Puppen behandeln.

Ich bin hart. Ich ziehe das durch. Wir müssen es diesen Samstag einfach schaffen.

Der große Fred packt Speed jetzt und rotiert ihn über seinem Kopf, wie die Blätter eines Hubschraubers. Wir alle heben die Arme, in Bereitschaft ihn aufzufangen, sollten Fred plötzlich die Kräfte verlassen.

Als ich Red Bull damit drohte, vor ihrer Zentrale einen Stier zu töten, versuchte ich Reibung zu erzeugen und einen eigenen Impuls zu setzen.

Dabei ist mir dieser Prozess selbst nur halb bewusst, wodurch ich meine eigene Sphäre ein Stück weit überlisten kann. Ich lasse einen unerwarteten Ausgang zu und folge nur dem inneren Flow.

Für die IndividualistIn bedeutet es, dass sie vielleicht seit Jahren zwar durch das Abweichen von der Norm die Gesamtwirtschaft voran bringt, dies aber nicht unmittelbar sichtbar ist, weil sie nur schwache Energie in Resonanz versetzt. Ein angepassterer Mensch, der in dieser Zeit ein Produkt herstellt, welches nur ein anderes Produkt kopiert, oder eine Handlung wiederholt, schwächt die Energie des Gesamtsystems, wird aber mit Geld dafür belohnt. Darum ist es heute so schwer das »Richtige« zu tun, weil das niemand bezahlt. Der Kapitalismus lässt es nicht zu, dass man echte Wertschöpfung betreibt.

Ich gebe Fred ein Zeichen und ändert die Drehrichtung. Speed rotiert immer schneller. Nach einer Zeit der Feineinstellung können wir wieder verstehen was er sagen will.

Viele Menschen in Wirtschaft und Wissenschaft suchen heute bewusst und unbewusst einen Ausweg aus der Falle der Sphären. Wir reden von dezentralen Strukturen und Partizipation, aber bleiben gleichzeitig mit einem Bein in der Sphäre des Gewohnten, benutzen eine sachliche Sprache, die Distanz erhöht und Nähe verhindert, weil die benutzten Medien, die wissenschaftliche Sprache, die institutionalisierten Rahmen die Sphären immerzu auf den Kern der Eliten ausrichten. Wir wollen verstanden werden und schon ist man dann in der Selbstähnlichkeitsspirale gefangen. Dadurch kann nicht ausreichend Veränderungsenergie entstehen. Besonders dort, wo dies in Gruppen probiert wird, erzeugt die Gruppendynamik einen Mangel an produktivem Konflikt. Entweder Entwicklung wird dadurch blockiert, weil der Wille in einer Sprache ausgedrückt wird, die nicht genug Spielraum bietet für Schwingung mit anderen Sphären, oder man ist einfach schon von Anfang an zu sehr gleichgesinnt. Besonders in Deutschland herrscht immer wieder der Reflex zum Konsens und zum gemeinsamen Mittelweg. Das ist der Weg der Unterdrücker. Streitkultur ist wichtig. Individualismus ist wichtig. Unklarheit ist wichtig. Sein, statt erklären zu wollen. Unmittelbar erfahren, statt unreflektiert weitergeben. Standards braucht es nur dort, wo Menschen nicht mehr miteinander reden. Wo Standards herrschen, redet man kaum noch miteinander.

Die meisten Menschen wollen die Welt verändern, in dem sie Bündnisse, Verlässlichkeit, kollektive und gleich umsetzbare Handlungen anstreben. Arbeitskreise sind nichts anderes als Sphären. Als sei die Summe der Menschen, als sei die Masse die Macht. In diesen Gruppen kommt es selten zu starken Impulsen, weil der- oder diejenige, der diese erzeugt, aus der Gruppe fliegt oder geschliffen wird. Die Dominanz der Massen leitet sich immer von der Dominanz ihrer Unterdrücker ab, nicht von der Masse selbst. Ein weiteres Naturgesetz, welches heute nicht verstanden wird. Jede Demo, jede Friedensbewegung, bleibt in sich schwach, weil es eine Frage der individualistischen Dichte und Qualität ist, ob eine Gruppe was erreicht und nicht eine Frage der Anzahl ihrer Mitglieder oder der Massentauglichkeit einer Idee. Es mag zwar die Illusion entstehen, dass sich eine große, humane Idee über Gruppen und Massen verbreitet und somit leichter umgesetzt wird. Dabei wird immer übersehen, dass diese Denkweise jene der Eliten übernimmt. Nämlich die Vorstellung von Macht über viele, die Vorstellung von Gleichschaltung auf Kosten des Individualismus. Dieser Weg mag als der schnellere erscheinen, aber ist zugleich der Grund, weshalb bisher jede Bewegung von den Eliten vereinnahmt wurde, denn Kollektivismus führt zu Sphärenparks ohne innere Kraft. Zu vorhersehbaren Ideologen, die guten Boden bereiten für Märkte, die sich wieder gegen individuelle Beziehungen, authentischen Austausch richten. Die Machthaber wechseln dann nur die Uniformen von Blau, zu Rot zu Grün. Ich glaube es ist stärker, sich von der Gesellschaft, von einem „Wir" zu entfernen, um wirkliche Gesellschaft zu werden. Kaum ein Ökonom, Nobelpreis oder nicht, hat jemals die wahren Kräfte des Marktes beschrieben, oder gar verstanden. Es sind nicht Zahlen und es ist auch nicht Sex. Nein, es ist nicht Sex. Es ist die Verweigerung von Beziehung.

Wenn zwei Menschen einander begegnen, passiert ein Austausch auf vielfältigen, bewussten und unbewussten Ebenen. Ich wage zu behaupten, dass noch nie zwei Menschen einander begegnet sind, im selben Raum waren, ein Leben teilten oder sich nur für Sekunden streiften, ohne dass Energie zwischen ihnen einen Ausgleich suchte, eine Integration, eine Ergänzung, eine

Form der Erweiterung. Die Konflikte dieser Welt sind der Versuch von Kräften, einen Ausgleich zu finden. Was uns als das Donnern des Lebens erscheint, ist nichts anderes als das Klopfen der Vielfalt und des Reichtums des Universums an der Schale unserer Sphäre. Das Bedürfnis nach dem Sein, danach, Leben voran zu bringen, nach innerer, kreativer Kraft. Nach authentischer Berührung und Liebe. Und bin ich anders als du, so nicht weil ich mich von dir distanzieren will, sondern weil ich dein Anderssein respektiere und dir die Chance geben möchte, mit mit mir gemeinsam eine noch größere Welt zu bauen, indem ich einen zu dir gegensätzlichen Pol lebe und die Resonanz mein Zugeständnis ist, ohne mich dabei zu verleugnen. In diesem Moment erweitern wir uns in den Zwischenraum, der für jeden außerhalb dieser Welt unscharf erscheint aber für uns einen Lebensraum darstellt.

In diesem Moment hält Fred an und stellt Speed wieder auf den Boden. Fred kratzt sich am Kopf und setzt sich sichtlich befreit an die Bar. Die Kellnerin streckt an Speed´s rechter Hand den kleinen Finger etwas ab. Er verbeugt sich daraufhin, wie ein Turner vor dem Sprung.

Warum glaubst du, zerfallen all unsere sozialen Strukturen? Warum zerfällt diese Welt in Chaos und Ungerechtigkeit, in Ignoranz und Schwäche? Es liegt an der Ausbeutung und Manipulation der Beziehung. Nichts ist in unserer Gesellschaft derart geregelt, wie die Art, wie Menschen einander begegnen und Werte austauschen. Es gibt Vorschriften, Definitionen von Familie, Partnerschaft, Ehe und Arbeitsverträge, Kaufverträge, sowie Zölle oder Subventionen. Das soll Streit verhindern. Aber Dialog, wenn auch im Konflikt, bedeutet Bewusstsein und Energie. Die Zivilisation, die Gesellschaft selbst, die Wirtschaft als Ordnungsstruktur ist ihr schlimmster Feind.

Nichts wird von den Eliten mehr gefürchtet als das eigenständige Wie, die freie Entscheidung wie etwas umgesetzt wird, das Wagnis einer unmittelbaren und unvoreingenommenen Begegnung. Nichts erscheint bedrohlicher, als sich auf einen Prozess einzulassen, der Risiken birgt und an dessen Anfang noch nicht festgelegt werden kann, was später entsteht. Es ist nicht so, dass hier keine Wertschöpfung passiert. Das Gegenteil ist der Fall. Man kann aber dann Menschen nicht mehr manipulieren. Die Ströme des Ausgleichs nehmen individuelle und vielfältige Wege und Formen an. Zentralisierung funktioniert nicht und somit ist es auch unmöglich, den ganzen Planeten zu dominieren.

Warum ist die Beziehung, die authentische Liebe, die echte Begegnung das Schwierigste im Leben eines modernen Menschen? Es ist leichter mehrere Doktortitel zu erwerben, als mit einem Partner jeden Tag authentisch, ehrlich und in tiefer Berührung durchs Leben zu gehen. Natürlich ist das viel verlangt. Der Weg ist das Ziel. Perfektion nur das Verhindern von anderer Lebensform.

Die Antwort ist eine Revolution. Leben wir tatsächlich eine individuelle Beziehung, die Sphäre würde durchbrochen, die Entwicklungsenergie im ganzen System erhöht. Was ist dafür notwendig? Eine eigene Sprache, eine eigene Kultur finden, wäre ein Anfang. Werte, Ressourcen, Kräfte zwischen uns sichtbar machen, die in sich Wissen tragen, Wohlstand und vielfältige Formen der Existenz. Ein weiterer Schritt. Dafür aber muss ich werden, wer ich wirklich bin. Muss hier stehen, an diesem Punkt.

Das aber steht im extremen Gegensatz zu jenem Denken, welches wir in den Sphären gelernt haben und welches Erfolg und die herrschenden Verhältnisse definiert. Auf eine Weise, die für die Herrschenden wenig Aufwand bedeutet.

In diesem Moment springt die Türe zur Bar auf...
Ich bin zu schwach, um es ihnen vorzuleben.
Es ist Montag. Ich gehe zur Arbeit.

Weitere Bücher
von
Timothy Speed

.

Gesellschaft ohne Vertrauen

Angenommen es gäbe eine innere Ordnung, die sich in jedem Individuum ausdrückt. Wäre es möglich darauf eine freiere Gesellschaft zu begründen und eine kraftvolle, sinnvolle und kreative Wirtschaft? Warum vertrauen wir nicht darauf? Speed erforscht in seinem Buch die Grundlagen kreativer und lebendiger Organismen, Gesellschaften und Unternehmen.

ISBN-13: 978-3833451195

Stieren des Weltdesigners

Eines Tages droht der arbeitslose Konsument Timothy Speed der Firma Red Bull, vor ihrer Weltzentrale in Fuschl einen Stier zu töten, um die Menschheit wach zu halten. Diese wahre Begebenheit tritt eine Geschichte los, die aktueller und fantastischer nicht sein könnte. Speed wollte sich stellvertretend für das freie Individuum der Wirtschaft bemächtigen und zu einem neuen Arbeiter und Mitgestalter werden. In einem Europa der Vielfalt. Entstanden ist daraus ein Roman über Menschen, die sich den einfachen Lösungen verweigern und für das Leben entscheiden.

ISBN-13: 9783735780928

Inner Flow Management

Was passiert wenn ein Künstler und ein Manager Management neu erfinden? Èin kreativer und ganzheitlicher Standpunkt, wie Wertschöpfung anders gehen kann. IFM ist eine revolutionäre Managementmethode, in der Komplexität bewusst nicht reduziert wird, um das Management zu vereinfachen. Sondern es wird mit den ganzen Wechselwirkungen und Auswirkungen unternehmerischen Handelns gearbeitet. Ein Quantensprung in Sachen Nachhaltigkeit.

ISBN-13: 978-3837046717

Stärke in der Armut

Ein neues Buch stärkt die Position der Armen und dreht den Spieß um. Speed zeigt in seinem Essay eindringlich, provokant und intelligent, wie Armut in Volkswirtschaft, Politik und Kultur missverstanden und Entwicklungspotenzial in der Gesellschaft dadurch verhindert wird. Armut ist selten auf diese Weise beschrieben worden, von einem der sie aus eigener Erfahrung kennt und sich zugleich seit Jahren mit Gesellschaftsentwicklung befasst. Speed gibt den Armen ihre Kompetenz zurück und fordert eine Wirtschaft, die sich mehr auf kreative Prozesse einlässt und aufhört die Armut zu dämonisieren.

ISBN-13: 9783735780928

www.timothy-speed.com